ハズレ嫁は最強の天才公爵様と再婚しました。

Characters
ルエル＝クリプト
クリプト伯爵家の長女。
生家でも義実家でも虐げられ、
全てを諦めていたが――？
メト＝ルーフェス
ルーフェス公爵家の当主。
爵位を甥に譲るために、
結婚することを避けていた。

エレノア＝クリプト
クリプト伯爵家の次女。
ルエルのことを見下している。
カイン＝マルクス
マルクス伯爵家の跡取り息子で
ルエルの元夫。ルエルに対して
酷い裏切り行為を行う。
ラット＝アルファイン
アルファイン侯爵家の五男。
メトの幼馴染で、ルーフェス公爵家で
執事として働いている。
フィーリン＝ルーフェス
メトの義姉で、シャインの母。
メトとルエルのことを微笑ましく
見守っている。

第一章　理不尽な家族との決別《けつべつ》

最初の結婚では、結婚式を挙げなかった。

私の生家であるクリプト伯爵家は、私にお金をかけることを嫌がったし、結婚相手であるマルクス伯爵家は、お金がなく貧しかった。

両親の愛情は、全て可愛い妹の物だった。

昔から私のモノは、妹が欲しがれば全て妹のモノになった。

お菓子も玩具も友人も恋人も、何もかも。逆らえば頬を叩かれ、食事を取り上げられ、何日も部屋に閉じ込められる。

でも、私は不幸じゃなかった。

私には、幼馴染のカインがいたから。同じ伯爵位を持つマルクス伯爵家の跡継ぎで私の大好きな幼馴染、カイン＝マルクス。彼だけは、いつも私の傍にいてくれた。

だから、彼からプロポーズを受けた時、本当に嬉しかった。

家族の誰からも祝福されなかったけど、私は貴方と一緒になれるだけで嬉しかった。

私をあの家から救い出してくれたと思った。

たとえ、子供を授かることが出来ず、義母から嫁失格と罵《ののし》られて全ての家の管理を丸投げされようとも、義父からマルクス伯爵家の事業全般を丸投げされようとも、私は貴方さえいてくれれば、それで幸せだったのに。

「今、なんて言ったの？」

仕事を終え家に帰ると、そこにはカインと腕を組む妹の姿があった。

「ルエルお姉様、ごめんなさぁい。私、カイン様との子供を授かったんです」

お腹をさすりながら幸せそうに呟く妹。

まだお腹は膨らんでいないから、赤ちゃんが出来たばかりなのかしら。

なんて、茫然《ぼうぜん》とした頭で思った。

「すまない、ルエル。君の事は愛しているんだ。でも、僕はマルクス伯爵家のためにどうしても跡継ぎが必要なんだ！　だから、君と離縁し、僕の子供を宿してくれたエレノアと再婚する！」

「お姉様ったら、結婚して三年も経つのに、子供の一人も作れないんですもの。可愛くないだけじゃなくて、女としてもダメなんだねぇ。可哀想なお姉様」

頭痛がする。愛していると言いながら、別の女を――よりにもよって、妹を選んだカイン。

形だけの謝罪の言葉と共に、私を傷付ける言葉を平気で吐くエレノア。

私は、貴方を深く愛していた。

たとえ子供が出来なくても、貴方と二人なら一生幸せだと思っていた。

それなのに、カインも結局、私を裏切るのね。

エレノアは、結局私から全てを奪うのね。

それなら、もういいわ。全部、いらない。絶対に許さないわ。

……ねぇ、見て。私は、貴方と離縁してから一年後の今日、結婚式を挙げるの。

二回目の結婚は、式を挙げるわ。

豪華で皆に祝福された幸せいっぱいの、私の結婚式。

そこで爪を噛みながら、私の幸せを目に焼き付ければいいわ。

私、貴方と離縁出来て、幸せよ。ざまぁみろ。

◇

クリプト伯爵家、長女。ルエル＝クリプト。それが、私の名前。

クリプト家は、伯爵家の中でもそれなりに裕福な家だった。

でも、両親が私にお金をかけてくれたことは一度だってない。

「ルエル！　あなた、ベール様と仲良くしているらしいわね⁉」

「は、はい。ベール様は私の友人です」

「あなたなんかが侯爵令嬢と仲良くするなんて、おこがましい！　ベール様の友人の座を、エレノアちゃんに今すぐ譲りなさい！」

「譲るなんて……友達は物じゃないですし、出来ません」

「口答えしない！　姉なら、妹が欲しがるモノは無条件に譲るのが普通でしょう！　第一、ベール様は本当はエレノアちゃんと仲良くしたかったのに、あなたが横からしゃしゃり出てきたんでしょう？　図々しいわね、エレノアちゃんは泣いていたのよ!?　可哀想に！」

母は、私の言うことを何一つ聞いてくれない。信じない。妹の言い分を全て信じて、頭ごなしに私を叱る。

私の妹であるエレノアは、両親の良い所だけを集めて出来た、自慢の可愛い娘。

対して私は、両親のどちらにも似ておらず平凡な容姿をしていた。そんな私を産んだ母は、親族から不貞《ふてい》を疑われ、肩身《かたみ》の狭い思いをすることになった。時が経ち誤解は解けたものの、当時の恨みからか母は私を極端に避けるようになっていた。

そして、エレノアが産まれてからは、母はより一層私を嫌い虐《しいた》げるようになり、全ての愛情は可愛い妹に注がれることになったのだ。

母に虐《しいた》げられる私を見て育ったエレノアは、私を自分より格下の見下すべき相手だと思うようになった。私の物であっても欲しがれば全て手に入れるのが当然で、私が妹より幸せになることは許されなかった。

妹は、私が親しい友人を作ろうとすると必ず壊しにくる。

だから私は、いつしか友人を作ろうとしなくなった。作ってもすぐに取り上げられてしまうから、私はずっと一人ぼっちだった。

「ルエル、大丈夫？　元気ない？」

「カイン」

──幼馴染である、カインを除けば。

不思議なことに、エレノアはカインとの仲だけは壊さなかった。

マルクス家は伯爵家の中でもお金がなく、伯爵としての地位も危うい程貧乏な家。

その子息であるカインは私と同じように一人でいることが多くて、一人でいる者同士、私達は自然と会話をするようになった。

カインと一緒にいる時だけが、私が幸せだと思える時間。

彼からプロポーズを受けた時は本当に嬉しかった。やっとこの家から離れて、好きな人と一緒に暮らせるんだと思った。

分かってはいたけど、家族の誰からも祝福されず、援助も一切しないと言い切られた。幸いエレノアが賛成したことで母も反対することはなく、父も援助なしならばと頷いてくれたのだ。

それでも構わない。カインと結婚出来るなら、それだけでこれ以上ない幸せだと思った。

カインとの結婚が決まり、ほぼ身一つで家を出る時。エレノアが何故、私とカインの仲は壊さず、結婚についても賛成していたのか、その理由を教えてくれた。

「あんな没落《ぼつらく》寸前の伯爵家に嫁《とつ》ぐだなんて、ルエルお姉様にお似合いよ」

ああ、この子は私が不幸になれば良いと思って、カインとの仲を邪魔しなかったんだ。

でも、私にとっては理由がどうあれ、とてもありがたかった。私はカインと一緒になれるのなら、たとえ貧乏でも、爵位を取り上げられ平民になっても良いと思っていたから。

私は、彼の傍にいられるだけで幸せなの。

◇

――結婚して三年後。


「ルエルさん、あなた、子供はまだなの⁉」

「はい、お義母様」

お義母様からのいつもの小言を聞きながら、朝・昼の食事の支度をする。

「もう三年よ⁉　いい加減、跡取りを産んでもらわないと困るのよ！」

「はい……申し訳ありません」

耳が痛くなるくらい、同じ台詞《セリフ》で責められる。言われなくても私が一番傷付いているのに、追い打ちをかけるような容赦《ようしゃ》ない言葉を浴びせられる。

「こんなハズレ嫁を貰って、カインが可哀想だ！」

お義父様からも大きな声で責められた。

食事の支度を終えると、今度は家を出て、馬車に乗り込み仕事に向かう。

結婚当初から、私はお義母様とお義父様にはこんなハズレ嫁を貰うなんてと歓迎されず、冷たい扱いを受けた。

貧乏だったマルクス伯爵家は、裕福なクリプト伯爵家からの援助を期待していたのに、私がクリプト伯爵家で冷遇《れいぐう》されていて思うようにならなかったことが要因だろう。

クリプト伯爵家から見放されている私をどう扱っても問題ないと判断したお義母様は、私に掃除《そうじ》、洗濯、料理、全ての家事を押し付けた。

お義父様さまからは、マルクス伯爵家が行っていた廃業寸前のボロボロの事業を押し付けられた。

実家でも家事はしたことがなく、初めは食事の味付け、洗濯物の干し方、掃除《そうじ》の順序。全てにおいてお義母様に怒鳴られ、寝る間も惜しんで床を磨かされたこともあった。

事業を行ったことも勿論なかったが、お義父様はなんの引継ぎもせずに私に押し付け、業績が悪いのはお前の所為《せい》だと責めた。

「今日は会議が二件、来客対応が一件……後は、少し慈善活動《じぜんかつどう》の様子も見て回ろうかしら」

この帝国では、貴族女性が事業を行うことも珍しくない。

義両親になんとか認めて欲しかった私は身を粉にして働き、その結果、没落《ぼつらく》寸前のマルクス伯爵家の財政は持ち直し、業績はうなぎ登りになった。

今はもう使用人を雇うお金は十分にあるし、私が家事をする必要はないはずだが、お義母様は嫁の務めをサボるなとお許しにならなかった。それでも、仕事を理由になんとかメイドを雇う許可を得て掃除《そうじ》と洗濯を任せ、夕食の時だけ料理人を雇う方向で落ち着いた。

マルクス伯爵家のために出来ることは全てやっているつもりだが、義両親の最大の望みである子供が出来ない私は、今もずっとハズレ嫁のまま。

「今日はなんとしてでも、早く仕事を終わらせなくちゃ」

仕事に向かう最中なのにもう帰りの事を考えてしまうのは、今日が、領主であるお義父様に代わり出かけていたカインが帰ってくる日だから。

最近は、カインがお義父様の仕事を手伝う事も多くなって、今日みたいに一週間泊まりがけで出かける日が増えた。私と同じようにカインも頑張ってるんだなって思うと、自分ももっと頑張らないといけないと自然とやる気がでるから不思議。

「早く、カインに会いたい」


急いで仕事を終わらせて、いつもよりも早い時間に帰路《きろ》につく。

急いでいるのに気づかれて、皆には気を使わせてしまった。旦那様が帰ってくるならと私の分の仕事を引き受けてくれた皆には、改めてお礼をしなくちゃ。

馬車に揺られ家に着くと、そこには見慣れた馬車が一台停まっていて、ドクンッと心臓が大きく鳴った。

「これ、クリプト家の……私の実家の馬車？」

どうしてここにいるの？　今更、なんの用があるの？

実家を出てから一度も、両親とも妹とも顔を合わせていない。

私は恐る恐る、玄関の扉を開けた。

「カイン様ぁ、大好きです」

「ああ、僕も好きだよ」

聞きたくもない声が耳に届く。

いっそ耳を塞いでおきたいのに、どうしても聞き逃せない。

玄関に入り、二階にある私達の部屋に向かえば、そこには、エレノアがカインの首筋に手を回し、カインがエレノアの腰に手を回し……顔を近付け、口付けを交わす二人の姿があった。

——どうして？

驚きと衝撃で、私は暫《しばら》くただ茫然《ぼうぜん》とその場に立ち尽くした。

そんな私と視線が合ったエレノアは、笑みを強め、まるで私に見せ付けるように口付けを深めた。

「カイン……どうして……」

「ルエル!?　え、なんで!?　今日はいつもより帰りが早いんだな！」

貴方に早く会いたいから、仕事を切り上げて帰ってきたのよ。

私の姿を見たカインは慌ててエレノアから体を離そうとしたが、エレノアはそれを許さなかった。

ギュッとカインの腕に手を絡ませ離れられないようにすると、上目遣いで甘えるように声を発した。

「ルエルお姉様、ごめんなさぁい。私が悪いんです。私がカイン様を好きになってしまったから！」

「そんなっ、エレノアは悪くないよ！　僕の方こそ、妻がいる身でありながら君を好きになってしまったんだ！　君は悪くない！」

「カイン様ぁ」

浮気女の口先だけの謝罪に、それを信じ庇う夫。

三文芝居《さんもんしばい》を見せられているようで、胸がムカムカする。

「ルエルお姉様。見てお分かりになるように、私とカイン様は愛し合ってしまったんです。ルエルお姉様なら、私にカイン様を譲ってくれるわよね？　私のお姉ちゃんだもん。お姉ちゃんは、可愛い妹が欲しがるモノはぜーんぶ、あげないといけないのよ」

私の嫌いな笑顔で、いつもの理不尽な台詞《セリフ》を吐く。

いつも可愛がられ優先され続けてきた妹は、自分が欲しいと思った物を全て私から奪っていく。

そうやって貴女は何度、私から大切なモノを奪うの？

奪われる度に悔しくて、悲しんで、諦めて、やっと手に入れた幸せすら奪っていくの⁉

「どうして、どうしてなのエレノア⁉　貴女、カインに興味なかったじゃない。それなのに――」

「えーだってカイン様、今、凄いお金持ちじゃない。色々と評判も良いし。それなら、ルエルお姉様より私の方がカイン様に相応しいわよね」

マルクス伯爵家の財力が持ち直したから？

没落《ぼつらく》貴族ではなくなったから、私から奪いにきたの？

「それは、私が頑張ったからよ！」

「ルエルお姉様、しつこい。もう諦めて下さい。私のお腹の中にはカイン様との子供がいるんだから！　それにもう手続きだって進んでいるのよ」

「……今、なんて言ったの？」

子供？　カインと、エレノアの？

私が傷付いた表情を浮かべる度に、エレノアはとても嬉しそうに微笑んだ。

カインもまた、謝罪と愛の言葉を告げながらも開き直った態度で私との離縁を宣言する。

どの口が、その言葉を紡《つむ》ぐの？

愛してると言いながら他の女を、よりにもよって妹を妊娠させて離縁を告げるの？

再婚を宣言するの？　それはもはや、愛ではないでしょう？

「子供のことは私だって気にしていたわ。でも、それならっ！　せめて私とちゃんと離縁してから、子供を作るべきだったんじゃないの⁉」

「僕は君が好きだったんだ！　今だって君が好きだ！　僕だって君と離れるのは辛い。君が、子供さえ産めたなら、僕が裏切ることもなかっただろう？」

まるで、悲劇の主人公みたいなことを言うのね。

私が悪いの？　私を責めるの？　貴方が、私を傷付けたのよ。

子供が出来なくて、ずっと申し訳なかった。

でも、貴方は私を愛してると言ってくれた。だから、ずっと頑張ってこれた。

たとえ、お義母様やお義父様からハズレ嫁と罵《ののし》られ、本来お義母様がやるべき家の管理を丸投げされようとも、お義父様に奴隷《どれい》のように働かされようとも、私は貴方さえ傍にいてくれれば、なんにでも耐えられるし幸せだった。

それなのに、貴方は一番最低な形で私を裏切った。

それなら、もういいわ。全部、いらない。絶対に許さないわ。

「分かりました――離縁を受け入れます。それしかないのでしょう？」

「本当か!?　ありがとうルエル！　やっぱり君は、僕の幸せを一番に考えてくれるんだな！」

今まで大好きだったその笑顔が、今は殺したくなるくらい、憎らしい。

「ありがとうルエルお姉様。そんな優しいルエルお姉様のために、良い縁談《えんだん》を用意したの」

「……は？　縁談《えんだん》？」

「そうよ。ルエルお姉様、もしかして実家に戻れるとでも思ってるの？　実家にお姉様の居場所なんてないのに」

そうでしょうね。両親はきっと私の味方なんてしない。

不貞《ふてい》を働いたエレノアを責めるどころか味方をし、私が悪いと責めるでしょう。

「帰る場所のないお姉様のために、お父様に頼んだのよ。数日後には嫁《とつ》ぎ先に行ってもらうわね。それまではお姉様をここに置いてあげてって、お義母様とお義父様に頼んでいるから安心して」

そう言って、エレノアは私にお見合い写真と一枚の紙を手渡した。

まるで、良いことをしてあげたみたいに、恩着せがましく言う貴女が心底嫌いだわ。

「カイン様、寂しいけど今日はもう帰りますね。この一週間、ずっと一緒で、ずーっと愛してくれて幸せでした。この指輪も大切にしますね」

薬指の宝石の付いた豪華な指輪をわざとらしく私に見せつける。私には一度だって贈り物をくれたことがないのに、エレノアには贈り物をするのね。

傷付いた私を堪能し終えた様子のエレノアは、カインの頬にキスをして部屋を出た。

「えっと。いや、エレノアが、領主の仕事をしてる僕を見てみたいって言ったからさ。指輪も、エレノアが欲しいって言うから――」

残されたカインは、最後にエレノアが残した言葉に焦ったように言い訳を並べた。

仕事で忙しかったのだと思っていたのに、それも嘘だったのね。私が仕事や家の事に追われていた間、貴方はただエレノアと甘い休日を過ごしていた。

でも、そんな嘘、もうどうだっていいわ。

「ルエル？　やっぱり怒ってるの？」

俯《うつむ》き何も話さない私に、カインはまるで何もなかったかのように、普段通りに手を伸ばした。頬に手を当てて、自分の方に顔を向けさせる。

それは、いつも彼が私の機嫌を伺う時にする行為。

「触らないで」

聞いた事がないであろう私の冷たい声に、彼はビクッと体を揺らした。

「やっぱり怒ってるんだ」

「怒らないとでも思うの⁉　貴方は私を裏切ったのよ⁉」

「違うよ！　僕は、本当に君が好きなんだ！　愛してる！　でも、君が――」

子供が出来なかったから？

好きも、愛してるも、貴方の口から出るその言葉が何よりも嬉しかったのに、今は嫌悪感しかない。吐き気がする。

「出ていって。顔も見たくない」

そう言うと、カインは渋々だけど部屋から出ていった。

ここは私達夫婦の部屋だけど、これ以上彼といたら自分が何をするか分からない。

「っ」

頭が痛い。辛くて、今にも崩れ落ちてしまいそうな体を必死で支える。大きな声で泣き叫んでしまいそうな口を、必死で閉じている。私には落ち込む暇なんてないの。

「縁談《えんだん》……ターコイズ男爵」

妹に渡された縁談《えんだん》相手の写真と、一枚の紙を見る。

紙には、ターコイズ男爵の名前と住んでいる場所だけの、簡易な紹介文のみが書かれていた。これでは、普通の令嬢なら彼がどんな人物なのかは分からないだろう。

だけど私は、ターコイズ男爵のことを知っている。

ターコイズ男爵は、御年五十歳。写真ではまだ若く見えるけど、きっと昔の写真を使っているのでしょう。私は今二十歳だから、三十も歳が離れた人。

それに、ターコイズ男爵には離縁歴が三回ある。全て彼の乱暴な性格が原因だ。妻を道具のように扱い、意に反する事をすれば暴力にうったえる。

ターコイズ男爵と結婚すれば、どこにも逃げ場のない私は、一生逃げられない。

「あちらからすれば、新しい妻《おもちゃ》が出来るのは願ったり叶ったりだものね」

ターコイズ男爵には離縁した妻との間に既に六人の子供がいるから、私と結婚をしても問題がない。対して実家は、厄介者を追いやれる上に結納金《ゆいのうきん》まで手に入る。私は一体、幾らで売られたのかしら。

「なんとかして、この縁談《えんだん》を回避しなきゃ」

私は、絶対にあの二人を許さないと決めた。とことん苦しめてやる。

だから、このままターコイズ男爵に嫁《とつ》ぐわけにはいかない。

「でも、どうしよう……」

エレノアの言う通り、私は実家には戻れない。

母親は無条件にエレノアの味方で私を毛嫌いしている。父親は仕事ばかりで、娘である私にそもそも興味がない。出戻りの娘がいると世間体が悪いとでもエレノアに言われ、新しい縁談《えんだん》を用意したんだろう。

「……絶体絶命ね」

頭をフルで回転させるも中々良い案が思い浮かばず、落ち着くために、部屋にある小さな椅子《いす》に腰掛けた。この椅子《いす》は、結婚当初にカインと一緒に選んだ物――ううん、そんな感傷に浸っている場合じゃない。

離縁の手続きが進んでいるということは、私が家を追い出されるまで時間がないだろう。仕事はしているけど、元々マルクス伯爵家の事業だから、離縁すれば私には仕事をする権利も立場もなくなる。今だって、事業の利益は全てマルクス伯爵家に入っていて、私個人には銅貨一枚だってない。

「そういえば明日、大きな商談があったっけ……」

仕事で思い出したけど、明日はとある大物との大切な商談の日。

ずっとこの日のために準備を重ねて、カインのためにも絶対に成功させてみせる！　って強い意志で臨んできた。

「今となっては虚しいだけだけど」

今更、私が頑張って仕事をする意味なんてない。

「……ルーフェス公爵様」

私達が暮らすハーレン帝国は近隣国からの侵略《しんりゃく》もなく、一見、なんの問題もない平和な国に見える。しかし、この国には魔物——人を襲い、街を破壊する凶悪な存在がいるのだ。

ある年、帝国に魔物が大量に発生した。魔物に襲撃された幾つかの地方の被害はとても大きく、このままでは帝国全体に拡大する——そう危惧《きぐ》されていた。

そんな中、ルーフェス公爵家当主であるメト＝ルーフェス様は、帝国に大きな被害を与えた魔物達を、部下達を率いて瞬く間に殲滅《せんめつ》した。

この一件で皇帝陛下から深い信頼を勝ち得たルーフェス公爵様は、帝国の平和を守る為にと、あらゆる地方に領地を与えられ、この帝国で一番領地を有する貴族となった。

魔法、剣技の才能はもちろんのこと、商売の才能もあって、この国で多くの事業を展開している天才。切れ者で役に役に立たない人間には容赦《ようしゃ》なく冷たい言葉を投げかけるとか、そんな怖い話を聞いたりもしたけれど、美形で身分もあって帝国一番のお金持ちで、そして、独身。

従業員達も皆揃って、あんな人と結婚したい！　って騒いでたっけ。

実家にいる時は、誰とも関わらずに生きてきたから外の情報をまったく知らなかったけど、仕事をしていると色々な話を自然と耳にする。

特にルーフェス公爵様は、今後仕事のお付き合いをしていきたい大切なお客様だったから、よく調べたのだ。彼が何故独身でいるのかも。

「――あった！　あった！　私が助かる唯一の道！」

◇

次の日。私は早速、義実家の誰にも会わないうちに職場に向かった。もう朝食の準備も昼食の準備もする必要がないから、しない。

どうせお義母様もお義父様も、私との離縁を手放しで喜んで、エレノアを迎え入れるに違いない。待望の孫を授かっているし、私と違ってクリプト伯爵家から愛されているエレノアなら、カインに相応しいと思っているでしょう。

「――ようこそいらっしゃいました。ルーフェス様」

「ああ」

今日の大切なお客様、メト＝ルーフェス公爵様。

淡い水色の瞳に、艶やかな黒髪。細身で長身な彼は、上品な黒を基調《きちょう》とした服装に、瞳と同じ色の宝石のついた高価そうなブローチを身につけていた。

噂通りに綺麗な顔で、その装いから相当お金持ちなのが分かる。

きっと、一筋縄ではいかない。でも、私は今からこの人を口説き落としてみせる！

事前に用意した資料を並べ、今日のために考えておいた新規事業について提案し、マルクス伯爵家とルーフェス公爵家が業務提携《ぎょうむていけい》することで生まれる利益と、それに伴うリスクも全て伝える。

リスクを伝えずに契約することもできるだろうが、後でバレた時に信頼関係を損なう可能性がある。全て伝え、その上で納得して手を取ってもらう。

これが、私の仕事に対する考え方。

「いかがでしょうか？」

全てのプレゼンを終え、ルーフェス様の顔色をうかがう。

ただ黙って、用意した資料に目を通すルーフェス様。

この緊張の瞬間、いつになっても慣れない！

「悪くありません。噂通り、貴女は優秀な人のようですね」

「でしたら！」

「いいでしょう、商談成立です」

嬉しくて思わず心の中でガッツポーズをする。入念に準備したかいがあった。ルーフェス公爵家と業務提携《ぎょうむていけい》を結べれば、この企画は成功したも同然。

——そう、普段ならここでお終い。

私は、商談を終えて帰ろうと席を立つルーフェス様を止めた。

「？」

不審そうに私の顔を見る公爵様。

私はそのまま、用意していた資料をビリビリに破り捨てた。

「……なんの真似ですか？」

「この商談は、このままではルーフェス様にとって、不利益なものになります」

「どういうことですか？　おっしゃっている意味が分かりません」

そうでしょうね。たった今、私が売り込んだ商談を私自身が否定するのだから。

でも、これは事実。

「この新規事業は、私がいることを前提として提案させていただきました」

「そうでしょうね。マルクス伯爵家に、貴女以外、使える人材はいません」

流石ルーフェス様。商談相手のことをちゃんと調べていますね。

「私は、カインと離縁し、マルクス伯爵家の事業から完全に離れます。私がいなくなれば、この商談はルーフェス様にとって不利益なものになるので、契約を結ばないのが得策かと思います」

「……貴女が何をしたいのか分かりません。結論を言って下さい」

それはそう思いますよね。こっちから売り込んでおいて契約しない方が良い、なんて言っちゃうんだから。でも、結論からは話せなかったんですよ。結論を先に言ってしまうと、貴方が話も聞かずに帰ってしまうのが分かるから。

少しでも良い印象を持ってもらうために私の優秀さをアピールして、なんとか最後まで話を聞いてもらう。それが、私の最初の課題。

「回りくどい話し方をしてしまった点は謝罪します。でも、どうしても、ルーフェス様に提案したい別の契約があって、私の実力を見てらもう為に最初に新規事業の話をしました」

「別の契約とは？」

「絶対に損はさせません。ルーフェス様にとって、良い契約であるとお約束します」

ここでルーフェス様が帰ってしまえば、もうお終い！　お願い！　帰らないで！

「……話だけは聞きましょう」

私の熱意が伝わったのか、暫《しばら》く沈黙した後、ルーフェス様はもう一度椅子《いす》に座り直した。

よし！　第一ミッション完了！

「では最後まで話を聞いて下さい。有り得ないと思っても、とりあえずは最後まで聞いて下さい」

「いいから話して下さい」

念押しはしておかないとね。きっと、ルーフェス様が一番嫌うお話でしょうから。

「私と結婚して下さい」

ガタンッと、機嫌が悪そうに椅子《いす》から立ち上がるルーフェス様。

そうなるのは分かっていましたよ！

「ルーフェス様！　最後まで話を聞いて下さい！」

「聞く必要がありません」

「私は、子供が出来ない女です」

ピタッとルーフェス様の動きが止まり、私の顔を睨み付けた。

「だから？　それで俺が結婚の話を受けるとでも？　馬鹿馬鹿しい」

口調が荒くなった。本気で怒っていらっしゃいますね。

「……カインは、私の夫は、私に子供が出来ないからと言って私の妹と不貞《ふてい》を働き、妊娠させました。そしてその妹は、代わりにとターコイズ男爵との縁談《えんだん》を私に用意しました」

「ターコイズ男爵？　彼は五十歳で君とは随分歳が離れているし、離縁歴が三回ある。全て、彼の暴力が原因で――」

「知っています。知っていて、妹は私に彼との縁談《えんだん》を用意したんです」

私は、昨日妹に渡されたターコイズ男爵のお見合い写真と簡易的な紹介文が書かれた紙を、ルーフェス様に見えるように机の上に置いた。

「このままでは私は、ターコイズ男爵と結婚させられてしまいます。でも、私はそれを避けたい。だから、私と契約結婚をしていただきたいんです」

ルーフェス公爵は結婚を望んでいない。

何故なら彼は、自分の子供を欲していないから――これは社交界では有名な話だ。

彼は、亡くなってしまった兄の息子――甥《おい》を跡取りにしたい。

だから、自分の子供は欲しくない。自分の子供が産まれれば、その子が跡取りになる可能性が高くなる。彼が甥《おい》を跡取りにしたいと望んでも、妻はそれを望まない。自分の子供を跡取りにと望むはず。そうなれば、後継者争いが起きてしまう。

だから、彼ははじめから結婚をしない。

「貴方は結婚を望んでいないのに、沢山の縁談《えんだん》が絶えず来て困っていると耳にしました。私との結婚は虫除《むしょ》けになります。誘いも断りやすくなります。私となら、たとえ子供が出来なくても、夫婦関係に疑問を持たれません」

私が子供を産めない女だというのは、きっとエレノアが社交界中にばら蒔いている。だから、子供がずっと出来なくても怪しまれない。

「私は、絶対に貴方からの愛を望みません。ただ私を道具として虫除《むしょ》けにお使い下さい。そして是非、貴方が望む方を跡取りにして下さい」

「確かに女性からの誘いは多いし、自分の娘を嫁にと口煩《くちうるさ》い奴等も多々いるが……」

「特に、同じ公爵家からの要望が強いのではありませんか？　ずっと断り続けるのは面倒でしょう。それに、いずれは皇帝陛下からも縁談《えんだん》を持ち掛けられるかもしれません」

「……」

よし。とりあえずは考えてくれていますね！

ここは、もっと利益を提案しなきゃ！

「私と結婚して下されば、公爵家に利益をもたらすと約束します！　偽物でも、公爵夫人になるからにはその名に恥じないように精一杯努めます！　家族から逃げ切る間だけでも良いんです！　だから、お願いします！」

頭を下げて、必死で懇願《こんがん》する。今の私には、これしか助かる道はない。

「……リスクは？」

「！」

初めて向こうから契約内容について質問された。少しは興味を持ってくれたのかな……？

ルーフェス様は、また改めて椅子《いす》に座り直した。

「リスクはまず、軽いものからお話しすると、私と結婚するのに結納金《ゆいのうきん》が発生します」

一体、私が幾らでターコイズ男爵に売られたのかは分からないけど、少なくとも百万くらいはある気がしてる。

「このお金は、ルーフェス様に出して頂かないと駄目なのですが、私と結婚して頂ければ、結納金《ゆいのうきん》の倍以上の利益を上げると約束します」

「次は？」

「――私は、あの二人を許せません」

どす黒い感情が、ずっと私の心を蝕んでいる。今にも泣いて立ち止まってしまいたいのに、こうやって動き続けているのは、あの二人に対する憎悪《ぞうお》のおかげ。

「私なりの復讐を行うつもりでいます。勿論、ルーフェス様にご迷惑をかけないように注意しますが、貴方を巻き込んでしまう可能性があります」

私が味わった苦しみを、悲しみを、怒りを、返さないと気がすまない！

「好きにしたらいい。なんなら、手伝ってやってもいい。他には？」

「へ？」

予想だにしなかった返答に、間抜けな声が出てしまった。

「他には？」

「いえ、これで終わりです。けど……いいんですか？　復讐しても？」

「そんな最低な奴等には好きなだけ復讐すればいい。俺でもそうする。それに、巻き込むといっても君は、我が公爵家への影響を考えた上で行動できる人間だろう？」

今度は私が黙ってしまった。

好きなだけ復讐していいの？　巻き込んでも、いいの？

「それは、私と、契約結婚をしてくれるということですか？」

私が核心《かくしん》をついた質問をすると彼は右手を差し出した。

「いいだろう、契約成立だ。ただし、契約書はきちんと交わしてもらう」

「ありがとうございます！」

ルーフェス様と固く握手を交わすと、改めて結婚についての契約を進めた。

私の実力を知ってもらうための偽物の契約ではなく、本物の契約。

「これでよろしいですか？」

二人で話し合い、決めた契約書を確認し合う。

――結婚は形式だけのもの。

人前では仲の良い夫婦を演じるが、真の意味での夫婦関係は持たない。

故に子供も作らず、公爵家の爵位を継ぐのはルーフェス様の甥《おい》とする。

双方、不貞《ふてい》行為は一切禁止。契約結婚について協力者以外への口外も禁止。

契約結婚が不要になり離縁する際は、双方合意の上とすることになった。

……前回のような一方的な離縁は認められず、契約違反となるのだ。契約違反があった場合は、結婚してから得た全ての財産を慰謝料《いしゃりょう》として相手に渡し、相手が望む時に離縁することにした。

そして私は、ルーフェス様が払った結納金《ゆいのうきん》の倍の金額を公爵家で働いて返済する。返済した後は、働きに応じた金額をいただけるそうなのでありがたい。

「それでいい、あまり契約が多くても面倒だ」

「面倒って……あの、もしルーフェス様に好きな方が出来たら即離縁に応じる。とか、書きましょうか？」

「離縁は双方合意の上と決めたはずだが、問題が？」

「いえ、そうではなくて！　ルーフェス様に好きな人が出来たらこの契約は不要になるのではと思いまして……」

今はいなくても、いつか、ルーフェス様に本当に好きな人が出来るかもしれない。

その時私の存在は邪魔になるだろう。私が持ち掛けた契約のせいで、ルーフェス様が不幸になるのは望んでいない。

「片方だけに有利になる契約は平等じゃない。それなら、君にも同じ内容が必要になる」

「私は……もう、誰も好きになりません」

なりません。ではなくて、なれないが正解だと思う。

誰かを好きになっても、結局エレノアに奪われてしまう。

それならもう誰も好きになりたくない。あんな風に傷付くのは、もう嫌。

「俺は君と離縁するつもりはない。君は俺を心配しているみたいだが、この契約は俺にとっても利益があるから引き受けた」

「虫除《むしょ》けのことですか？」

「ああ。鬱陶《うっとう》しい令嬢達の虫除《むしょ》けに、子供を望まず愛も求めず、甥《おい》に爵位を継がす事を了承する打って付けの妻を見付けたんだ。俺が逃がすと思うか？」

……双方の同意なく離縁を認めないというのは、まさか私を逃がさないようにするためですか？

あれ？　なんだか少し怖くなりましたね。

「それに、どうせ結婚するなら、最大限、公爵家にとって役に立つ人物が良い」

公爵家にとって役に立つ――それはつまり、私の才能を認めてくれた証。

「公爵家の妻としての役割は存分に果たしてもらう。君にその能力があるのは、もう充分に知っているからね。君には、公爵家の事業を一部任せよう」

「はい！　絶対にお役に立ってみせます！」

仕事ができるのは純粋に嬉しい。期待してもらえるなら、なおさらだ！　カインと結婚してから始めた仕事だけど、色々な人と関わり、感謝され、喜ぶ顔が見られるのは楽しかった。

内容の確認を終え、それぞれ契約書にサインを交わす。

「では、正式に契約成立だな。あと、ルエル。これから俺の事はメトと呼ぶように」

「は、い。……メト」

サラリと私の名前を呼ぶのに驚いてしまった。まるで、以前からそう呼んでいたみたい。

格好良くて仕事も出来る方は、なんでもスマートに出来てしまうんですね。一方の私は、貴方の名前を呼んでも、どこかぎこちなくなってしまいそうで一苦労。

「よろしい。それにしても、君の夫――マルクス伯爵令息は愚かな男だな。君がいなくなれば自分達が困るだろうに」

そうですね。ボロボロだった事業をここまで立て直したのは私だというのに、これからどうするのかしら。まあ、私には関係ないし、私が努力して得た物は、全て私に返してもらう。

「君とマルクス伯爵令息との離縁はもう成立しているのか？」

「はい。どうやら勝手に届けを出されていたようで、気付いたら離縁していました」

調べたところかなり前から手続きが進んでいたようで、私達の婚姻はすでに破棄《はき》されていたのだ。

そんな話をしながら職場を出て、メトのエスコートでルーフェス公爵家の馬車に乗る。

「勝手に？」

「エレノアかお母様が代筆したんでしょう。あの人達は私が逆らわないと思っているので、平気でなんでもするんです」

カラカラと車輪が回る音がして、馬車が走り出す。

今まで、義両親や家族の事を誰にも話さなかった。話した事が知られたら、余計に怒りを買ってしまうから。契約のために、私は初めて他人《メト》に自分の置かれている環境を話した。

「聞けば聞くほど、ルエルの家族は最低な屑《クズ》ばかりだな」

どこか怒りの籠った声。

誰かが私のために怒ってくれるのは初めてで、それがとにかく嬉しかった。

◇

クリプト伯爵邸――ここに帰ってくるのは、三年ぶりか。

馬車の中から生家を見上げても懐かしいとも恋しいとも思わない。ここには嫌な思い出しかない。

「ルエル？」

「……すみません。少し、緊張してるみたいです」

私は今から、お父様、お母様、そしてエレノアと向き合わなくてはいけない。

覚悟はしていたし、復讐すると決めた。

なのに、いざ目の前にすると震えるなんて私は弱い。

「心配する必要はない」

「え？」

「君には俺がいる。存分に、俺を復讐の後ろ盾にすると良い」

なんて、心強い言葉だろう。

「……あはは。ありがとうございます、メト」

お陰様で緊張が解れた。

私は今からルーフェス公爵様との結婚をお認め頂くわ。覚悟していてね？

「今、なんとおっしゃいましたか？」

応接室にて、私とメトを前に、驚愕やら戸惑いやらをのせた複雑な表情を浮かべるお父様の姿。

その両隣には、悔しそうに顔を歪めるお母様とエレノアの姿。

あの後、馬車をクリプト伯爵邸の前に停めると、慌てて執事が飛び出しメトに用件を尋ねた。

「ご令嬢のことで、クリプト伯爵に話がある」

ルーフェス公爵家の馬車がいきなり訪ねてきた事に相当パニックになった執事は、私の存在に気付かないまま、慌てて、この家の主人である父を呼びに行った。あえて私の名前を出さなかったのかは分からないけど、皆メトが言った令嬢を妹の事だと認識した。

応接室に通されてから随分待たされたと思ったら、豪華に着飾ったエレノアが出てきて驚いた。どうやら妹は、自分がルーフェス公爵様の目にかなったのだと勘違いしたみたいで、メトが話している間中、場違いに着飾った姿が吹き出してしまいそうになるくらい滑稽《こっけい》だった。

「聞こえませんでしたか？　ルエルを私の妻に迎えたいと言いました」

再度、メトはお父様に向かい本題を伝えた。

「……失礼ですが、何故、ルエルを？　ルーフェス公爵様とルエルに、どのような接点があったのでしょうか？」

「仕事関係です。そこで何度かルエルに会う機会があり、私が彼女に一目惚れしました。ルエルは既婚者だからと諦めていましたが、今日、離縁したと聞き、私からプロポーズをしました」

「私も、実は以前からルーフェス公爵様を気になっていたのですが、私は既婚者――この思いに蓋をしていました。今日彼から思いを告げられて、ああやっぱり私は彼が好きだと確信したんです」

馬車の中で打ち合わせした内容を、わざとらしく体を寄せ合い仲睦《なかむつ》まじそうに話す。

嘘の中に真実を交えて、お父様達を欺く。

エレノアはこの話を信じたくないでしょうね。だってこれが真実なら、貴女が私からカインを奪ったおかげで、私はルーフェス公爵様と結婚する事になるんだもの。

「ルーフェス様！　ルエルはついこの間、不妊が原因でマルクス伯爵令息と離縁したばかりの娘です。ルーフェス様に相応しいとは思えません！」

お父様とメトとの会話に割って入り、大きな声で私を貶《おとし》める発言をするお母様。

不貞《ふてい》を働いて私を裏切ったのはカインとエレノアなのに、やっぱり私が、お母様の中で離縁の原因になるのね。

「聞き捨てならないな」

怒りに震えていたら、すぐ隣から私よりも怒っているような声が聞こえて驚いた。

「ルエルを選んだ私を、クリプト伯爵夫人は否定するんですか？　私の目が節穴だとでも？」

「ち、違います！　そのようなことは！」

冷たくお母様を睨み付けるメト。

ルーフェス公爵は、この帝国一の力を持つ貴族といっても過言ではない。彼に従う侯爵家や伯爵家も大勢いる。そんな彼を敵に回せば、この先クリプト伯爵家はただではすまない。

「……妻が大変失礼致しました。ルーフェス公爵とルエルの結婚を反対する理由などありません。喜んで、娘との結婚を認めさせて頂きます」

お母様にかわり頭を下げるお父様。

その隣で、悔しそうに私を睨みつけるお母様とエレノア。いい気味ね。

「で、でも、ルエルお姉様には、ターコイズ男爵との縁談《えんだん》が来ているじゃありませんか？　もう、結納金《ゆいのうきん》だって頂いてるのに今更断るだなんて――」

今度はエレノアが、最後の悪あがきのように口を挟む。どうあっても私をターコイズ男爵のところに嫁がせたいのね。私が、カインよりも良い男に嫁《とつ》ぐのが許せない？

見下していた私が、自分よりも上に行くのが許せない？

「メト」

「っ！」

特別な関係を見せ付けるように親しげに彼の名を呼んだら、思惑通り、エレノアは唇を噛み締め私を睨み付けた。

「ごめんなさい。私も貴方と結婚して、貴方の妻になりたいのに……ターコイズ男爵との縁談《えんだん》は、勝手に家族に決められていたんです」

「勝手にだなんて！　私はただ、ルエルお姉様のためにと思って！」

「ターコイズ男爵の噂を知っているでしょう？　エレノアは、私がそんな男のところに嫁にいっても良いと思っているのね、酷い妹」

「ルエルお姉様には、その程度の男がお似合いじゃない！」

馬鹿なエレノア。簡単に挑発に乗ってくる。

「やめないか！　エレノア！」

「あ！」

父親の怒号《どごう》で自分の失言に気付いたエレノアは顔を真っ青にしながら口を塞いだけど、もう遅い。

「クリプト伯爵は、娘にどういった教育を？　姉妹でこんなに出来が違うのも珍しいものです」

「わ、私、そんなつもりでは」

「重ね重ね大変失礼致しました、ルーフェス様。ターコイズ男爵には結納金《ゆいのうきん》を直ちに送り返します」

これ以上エレノアが余計な発言をしないよう、父が遮るように言葉を被せた。

「もし相手がごねるようなら私の名前を出して下さい。文句があるならば、ルーフェス公爵が話を聞くと」

ターコイズ男爵が統治する地域は辺境の一部。それも、魔物が多く生息している。そんな彼がメトに逆らうような愚かな真似はしないだろう。

ターコイズ男爵との縁談《えんだん》は破棄《はき》され、無事にルーフェス公爵との結婚を認められた。

これで、クリプト伯爵家——私の生家での用件はお終い。

お母様とエレノアの悔しそうな顔が見れたし、満足ね。まだまだ足りないけど。もっともっと、どん底まで落ちてもらう。私と同じ苦しみまで。

「ああ、思い出しました」

対談を終え部屋から出る所で、何かを思い出したように、メトはお父様達の方に振り返った。

「ルエルを嫁にもらうのに結納金《ゆいのうきん》が必要でしたね。近日中に一千万と、ルーフェス家が所有する鉱山を一つと、幾つか宝石を送りましょう」

（は？）

思わず、聞いていた私の方が思考停止してしまう。

「一千万っっ⁉　鉱山⁉　宝石⁉」

驚愕の声を上げるお母様。

いや、私も驚いてます。相場って知ってます？　多くても三百万くらいじゃないの。多分、ターコイズ男爵は私を百万とかで買ったと思うけど？

それに鉱山、宝石？　いやいやいや、一体総額幾らになるの⁉

「ルエルの価値を思えば、この程度安いものです」

すっごい笑顔で言ってくれましたけど、そのお金って私が倍にしてお返しするって言ったものですよね？　想定外の金額なんですけど⁉

「――メト。やり過ぎではありませんか？」

クリプト伯爵家を出て、馬車の中。

二人きりになった瞬間、私はメトに抗議した。

「君は結納金《ゆいのうきん》の金額については交渉しなかっただろう？」

「そうですけど！」

ああ、頭が痛い。相場！　メトは相場を知らないんですか⁉　鉱山や宝石だなんて……一体いつになったら倍にして返せるのか！

「安心して良い。そんなに貴重な宝石も、重要な鉱山も渡すつもりはない。君の実力ならすぐに稼げる程度だ」

一千万だけでも結構な金額なんですけど？　私を過大評価し過ぎでは？

「こちらの方が、傲慢《ごうまん》でプライドの塊のような君の妹と母親は悔しがるだろう？」

確かに、去り際のお母様とエレノアの顔は見物《みもの》だった。

私が結婚した時と違い、エレノアにはマルクス伯爵家から結納金《ゆいのうきん》が払われるでしょうけど、きっと、ここまでの大金ではない。あの人達は、エレノアの価値が、今まで散々見下してきたルエル《わたし》より劣ったと感じるでしょうね。

「それにしても、実際目の当たりにすると本当にどうしようもない家族だな。君はあんな環境で過ごしてきたのか？」

「……そうですね。お母様はエレノアだけが大切で、お父様は私――正確には、娘である私達に興味がありません」

クリプト伯爵家、私の家には、跡取りとなる男の子が産まれなかった。

お母様は、お父様がなによりも望む男の子を産めなかった。望む子供が出来ない辛さを知っているはずなのに、お母様は子供が出来ない私を非難し、妹の味方をする。

お父様は、私がお母様やエレノアに邪険《じゃけん》に扱われようとも、誰と結婚しようと、どうでも良い。お母様がどちらか片方だけにお金を掛けようとも、エレノアが私に酷い縁談《えんだん》を持ちかけようとも、クリプト家に害がなければどうでも良いのだ。

「いずれ、クリプト伯爵家の血筋の優秀な男児を養子に迎え入れると聞いています」

「跡取りが産まれなかった貴族が養子を迎えるのは少なくない。君の元夫も、跡継ぎが欲しいなら養子を迎え入れる選択もあっただろうに」

「どうでしょう？　マルクス伯爵家は、それを認めないと思います」

お義父様もお義母様も、口を開けば子供のことばかり。どうしても、自分達の血を引く孫――跡取りが欲しかったのでしょうね。

あのまま結婚生活を続けていても、養子をとることを認めてくれただろうか？

きっと、私を追い出そうと躍起《やっき》になったでしょうね。

「まさか、家族だけじゃなく、義両親からも酷い扱いを受けていたのか？」

「子供が出来ないハズレ嫁扱いされていました」

「はぁ。君をハズレ嫁扱いするなんて、君の元嫁ぎ先はどれだけ恩知らずなんだ」

メトは深く溜め息を吐くと、眉間《みけん》に皺を寄せ頭を抱えた。

子供が出来ない事に負い目はあった。義両親が孫を望む気持ちも理解できる。

だからこそ、それで離縁を望まれたなら、私はカインの幸せの為に受け入れたと思う。でもカインは順番を守らず、酷い裏切りをしたのだ。絶対に許さない。

「君の話を聞いていたら、俺も復讐に乗り気になってきたよ」

「それはありがたいです」

今度はマルクス伯爵家に行き、私の数少ない荷物を回収するついでに、あの親子に決別《けつべつ》を告げる。

貴方達みたいな最低な一家とはこっちから縁を切ってあげる。覚悟していてね？
◇

マルクス伯爵邸。

朝この家を出てきた時は、メトとの契約を絶対に成功させなければって、そればかり考えていた。

今、無事に契約を成立させて戻ってこられて、ホッとしている。

「ルエル！」

玄関の扉を開け中に入るとすぐに、カインが心配そうに駆け寄ってきた。

「どこに行ってたんだ⁉　朝早くから姿が見えなかったから、父様も母様も心配してたんだぞ⁉」

本当に、カインは私を馬鹿にしているよね。あんな酷く裏切っておいて、何事もなかったように普通に話せるんだもの。頭が空っぽ過ぎて、逆に感心しちゃう。

「心配？　暴言の間違いでしょ？　どうせ、食事の準備をしていないと怒っているんでしょう？」

「それはそうだ。だって、朝と昼の食事の準備をするのは君の仕事だろ？」

「馬鹿なの？　私達はもう離縁してるのよ？　貴方達の世話なんてするわけないじゃない」

水面下で離縁の手続きが進められていた間、何も気づかず世話していたなんて……自分が惨めで仕方ないわ。

「それは、君に子供が――」

「馬鹿の一つ覚えね」

「ルエルさん！」

おっと。元お義父様とお義母様もお出ましね。

予想していた通り、大変怒っていらっしゃるみたい。

「お前、どこに行っていたんだい⁉　嫁の仕事もせずに！　サボるんじゃないよ！」

子が子なら親も親ね。同じような事をぐだぐだと。鬱陶《うっとう》しい。

「お言葉ですが、私はもうカインと離縁しています。そちらの嫁ではなくなったのですから、嫁の仕事をする必要はなくなりましたよね」

「お前が出て行ってから新しい料理人を雇う予定なんだ！　それまでは家に置いてやってるんだから、ちゃんと働かんか！」

働いていましたけど？　貴方達がろくに家の事も仕事もせず、私に全てを押し付けてぐうたらしている間、私はずっと馬車馬のように働いていたのよ？　本当、今思えば馬鹿みたい。

「なら、今すぐに出て行きますので、嫁の仕事をする必要はなくなりますね」

「え⁉　もう出て行くのかい⁉」

私の台詞《セリフ》に、悲しそうな表情を浮かべるカインの神経が分からないわ。

貴方が私を裏切ったから、私は出て行くの。

「ええ。ここには荷物を取りにきただけです」

「何言ってるんだい⁉　あんたが持っていく荷物なんて一つもないよ！　あんたの荷物は、うちが出した金で買ったうちのもんだ。まさか勝手に持っていく気かい⁉　盗人猛々《ぬすっとたけだけ》しいね！」

実家でも、この家にいる間も、私は必要最低限の買い物しかさせてもらえなかった。そんな少ない荷物すら、貴方達は私から取り上げるつもりなのね。

「母様、父様、そのくらいにしとこうよ。ルエルは世間知らずだから、僕達の物を自分の物と勘違いしちゃっただけなんだ。な？　盗むつもりなんてなかったよな？　大丈夫、僕はちゃんと分かってるよ」

ここで私が何を言っても無駄ね。

「分かりました。このまま出て行きます」

「ふん、さっさと出て行け！　このハズレ嫁が！」

「ルエル、幸せになってね」

幸せになってなんて、どの口が言っているの？

本当に私が、あのままで幸せになれたと思っているの？

カインが私を不幸にしたのに、その口で私の幸せを願うのね。本当に、私を舐《な》めてる。

「ええ。幸せになるわ」

貴方達から全てを奪い取って、貴方達がどん底に落ちるのを見るのが、私の幸せよ。

「――ルエル。迎えに来たよ」

メト、とても良いタイミングですね。

「ルルルルル、ルーフェス公爵様⁉」

何食わぬ顔で、扉を開け玄関ホールに入ってくるメト。

元お義母様もお義父様も、予想だにしない上級貴族の登場に、腰を抜かしそうなくらい驚いておられますね。そう、今回はわざと、目立たないようにルーフェス公爵家の馬車を門口に停めなかった。私が普段言われている罵声《ばせい》をメトに聞かせるために。

「彼女が出てくるのを外で待っていたんだが、俺の愛する人に随分酷い言葉を投げ掛けてくれたものだな。ルエル、大丈夫か？」

メトは私の頬に優しく触れながら、私に気遣いの言葉をかけた。

「なななななんで⁉　ル、ルエルと……一体どういう事だ⁉　お前なんかが！」

元お義父様――マルクス伯爵様、取り乱し過ぎじゃありません？

その口調、ルーフェス公爵様に対してのものではありませんね。

流石、伯爵家を没落《ぼつらく》にまで追い込んだ無能な領主。

「お前？　口の利き方に気を付けてもらおう。ルエルは、今日から俺の妻になった」

「――つま⁉　そんな馬鹿な！」

「嘘でしょう⁉　その女は欠陥品《けっかんひん》です！　ルーフェス様、騙されないで下さいまし！」

お二人とも、本当に私の事がお嫌いですね。

「それ以上、ルエルを侮辱《ぶじょく》する事は許さない」

「メト」

本当に私のために怒ってくれているのが、肩に乗せたメトの手から伝わってきてとても嬉しい。おかげで、冷静にこの人達と向き合える。

「メト。折角荷物を取りに来ましたが、勝手に持ち出せば盗人《ぬすっと》になると言われたので、私が持ち出せる物は一つもありませんでした」

「いや、待てっ」

私から出てくる言葉を慌てて止めようとしますが、止めるはずありません。

なんせ、貴方達にハッキリと私の立場を分からせてあげるために、わざとメトに遅れて中に入ってきてもらったんだから。

「マルクス伯爵家は、離縁する元嫁には何も持たせず、出て行かせるわけか」

「ご、ごご誤解でございます！　ちゃんと！　持って行かせようとしましたとも！」

媚びへつらうように身を低くし、手を揉むマルクス伯爵様。今更、持って行かせようとしてたなんて、誰が信じるのよ。

「いいえ。もういりません。盗人《ぬすっと》扱いされたくありませんし、元から私の物は殆どありませんから」

三年間ここで過ごして手にしたのは、必要最低限の仕事に着ていく服と化粧品だけ。後は何もない。カインからも贈り物の一つも貰った事がない。

「そうか。なら、今度俺が君に指輪をプレゼントするよ。誰よりも豪華な指輪を贈ろう」

「とても嬉しいです、メト」

それは良い考え。その指輪を付けた私を見る度に、きっとエレノアは顔を歪めるでしょうね。

「では、元、家族の皆様。今までお世話になりました。今日から赤の他人です。次にお会いする時がありましたら、今までみたいな馴れ馴れしい態度は止めて下さいね」

「ル、ルエルっ！」

何故か自分が裏切られたみたいな、傷付いた顔をするカイン《あなた》が嫌い。

元お義母様、お義父様の引き攣った顔も見られたし、今日は満足。まだまだ足りないけど。

もっともっと、不幸にしてあげるから、楽しみにしていてね。

第二章　ルーフェス公爵家

「ふぅ」

元義実家との決別《けつべつ》も終え馬車の中に戻ると、張り詰めていた糸が緩んだのか自然と息が漏れた。

「中々に愉快で屑《クズ》な義実家だったね」

「お付き合い頂きありがとうございます」

これで、私は無事に望まぬ縁談《えんだん》から脱出出来たし、義実家と決別《けつべつ》も済んだ。

「構わない。さっきも伝えたが、復讐に俺が必要なら遠慮なく使えば良い。俺ほど魅力的で強力なカードはそうない。有り難く使え」

「その通りですけど……自分で言っちゃうんですね」

「事実だからな」

実際、メトのおかげでこんなにスムーズに物事が進んだ。彼が契約結婚を了承してくれなかったらと思うと、悲惨《ひさん》な未来しか見えなくて身震いする。

「メト、私のために怒って下さって、本当にありがとうございます」

純粋に嬉しかった。どちらの家でも、私の味方をしてくれる人はいなかったから。

「……君のためだけじゃない」

「え?」

「もうすぐ公爵家に着くぞ」

意味深な事を言われたけど、詳しく話したくはなさそう。それなら無理に聞き出そうとは思わない。話したくなったら、向こうから話して下さるかな。

◇

ルーフェス公爵邸——帝国で一番の大富豪。その名に恥じない立派な家を、馬車の中から見上げる。勢いで契約結婚をしたけど、私、こんな立派な家の夫人になるのね。

前回は使用人が誰一人もいなかったけど、ここには当たり前だけど沢山の使用人がいる。

「さっき知らせを送っておいたから、俺が結婚相手を連れて帰るのは知られているはずだ」

それは、今頃屋敷は大パニックでしょうね。今まで沢山の縁談《えんだん》を断り続けてきたメトが、急に結婚相手を連れて帰ってくるんだから。それも訳ありの伯爵令嬢。

生家や元義実家とは規模が違う、広くて手入れの行き届いた綺麗な庭を抜けた先にある大きなエントランスに着くと、馬車は止まった。

ガチャッと馬車の扉が開かれ、メトにエスコートされ外に出る。

「お、メト、本当に結婚相手を連れてきたんだな!」

だ、誰この人?

馬車を降りると、凄くフランクにメトに話し掛ける人物が、まじまじと物珍しそうに私を見た。

この服、執事？　執事が何故、主人であるメトにそんなに馴れ馴れしく話し掛けてるの？

「ラット、止めろ」

ラットと呼ばれる男の人の視線から庇うように、間に立つメト。

「メト、本当に好きな相手が出来たんだな！　おめでとう、今日はご馳走《ちそう》だ！　早速、料理長に注文して――」

「待て無能」

無能って、結構な言われようですね。でも、確かに執事っぽくない。少なくとも、私はこんな明るくて陽気な執事は見た事がありません。

「なんだよ？」

否定もせず、すんなりと無能を受け入れましたね。もしや、言われ慣れてます？

「余計な事をするな。第一、人目があるところでは言葉遣いに気を付けろと言っているだろう」

「メトのお嫁さんなら大丈夫だろ？」

「……はぁ、もういい」

頭を抱えながら溜め息を吐くメト。

でも、メトも本気で怒ってないみたい。なんか、凄く仲良く見える。かも。

「ルエルだっけ？」

「あ、はい。ルエル＝クリプトと申します。本日より、メト様の妻としてお世話になります。どうぞ、よろしくお願い致します」

「ルエルは良い子そうだな！　流石メト、性格ちょっと捻《ひね》くれてるけど人を見る目だけは良いな！」

「ラット、いい加減にしないと査定《さてい》に響かせるぞ」

「それは勘弁！　では、俺――いや、私も自己紹介させて頂きます。私の名前はラット＝アルファイン。アルファイン侯爵家の五男で、メト様とは幼馴染、そして今はルーフェス公爵家の執事です。以後お見知りおきを」

「ラット＝アルファイン……アルファインって……あの有名な侯爵家のアルファイン様ですか!?」

アルファイン侯爵。皇帝陛下より主に重要な国境防衛を任されている貴族の一つ。

さ、流石ルーフェス公爵家。屈指《くっし》の貴族のご子息が執事にいらっしゃるなんて！

「ルエル様、馬車での移動大変お疲れでしょう？　すぐに部屋をご用意致しますので、こちらへどうぞ」

先程までの砕けた口調を改めると、丁寧に私を屋敷の中に案内したアルファイン様。初めてお会いしたけど、想像とは全く違います。想像よりも明るくて陽気で、悪い人ではなさそう。

応接室に案内され、用意された高級なティーカップで紅茶を頂く。

「ルエルはどこでメトと出会ったんだ？」

アルファイン様、ぐいぐい質問されますね。

メトは一旦自室に戻り、残されたのは私とアルファイン様の二人。他のメイドや使用人がいる時はきちんとした口調で話していたのに、二人っきりになった途端すぐに元のくだけた口調に戻った。

「えっと、仕事先で出会いました」

「仕事先？　ああ、もしかしてルエル、マルクス伯爵子息の超有能夫人か？」

——超有能夫人とは？

「そっかそっか。離縁したから、メトが口説き落としたのか！」

勝手に納得されてる。超有能夫人？

私、貴族間でそんな呼び方をされてるんですか？

他家の皆様からお茶会やサロン、パーティの紹介状を頂いても、そんなものに参加するくらいなら仕事を優先しろと言って、元お義母様達は参加を許さなかった。

だから私は、貴族令嬢としての噂話に弱いのよね。

「ルエル目当てでマルクス伯爵家のお茶会の招待を受けたのに、君がお茶会にいないと残念がっていた令嬢の話を聞いたことがあるぜ！」

事業が安定し、お金に余裕が出るようになると、元お義母様はすぐにお茶会を開いた。でも私は、準備だけ押し付けられ、参加するのはは元お義母様だけ。

「マルクス伯爵夫人は、私が参加するのを嫌がっていましたから」

一瞬、いつものように適当な理由——仕事が忙しくて参加出来なかったと言おうと思ったけど、今はもうあの人達を気にする必要もなくなったし、事実を伝えた。

「そんな意地悪をされんのか？」

私に仕事以外で貴族との繋がりを持たせたくなかったんでしょうね。元お義母様は、私宛に送られた招待状の返信すら許さなかったのだから。

「それで？　仕事先で出会って、メトの方から求婚したのか⁉　プロポーズの言葉は⁉」

「えっと」

本当にぐいぐいきますね！

ど、どうしよう。あんまり話したら、ボロが出ちゃいそうで怖いんだけど。

「――ラット、いい加減にしろ」

「メト！」

自室から戻ってきたメトは、質問攻めにあっている私を助けるように、アルファイン様に声を掛けた。

「いいだろ、気になるんだから！　このまま一生独身を貫くと思ってた親友の結婚、気にならない方がおかしいって！」

「契約結婚だ」

「！」

「契約結婚？」

聞いた言葉を、そのまま復唱するアルファイン様。

契約結婚をする際に取り決めた誓約書には、《契約結婚の事は、協力者以外に口外しない》と記した。私には協力者になるべき信頼に値する人はいないけど……

アルファイン様が、私達の協力者なの⁉

「へぇ、それはそれは」

契約結婚に至るまでの過程の説明を受けたアルファイン様は、チラリとこちらに視線を向けた。

「壮絶《そうぜつ》な人生を送ってるな」

「そうですよね」

人払いを済ませてある応接室で、豪華なテーブルを囲み、三人で密談する。

今までメトの結婚を手放しで喜んでいたアルファイン様だけど、契約結婚の話を聞いてもそんなに驚かず、どちらかと言えばすんなり受け入れた。

「おかしいと思ったんだよな。メトが一目惚れとか有り得ない。契約結婚の方が断然納得するぜ」

さっきまでアルファイン様、めちゃくちゃ喜んでいましたけどね。

「ああ、これで俺にきている全ての縁談《えんだん》を断れるだろ。今日中に全てに断りの連絡を入れろ」

「無茶言うなよ！　お前宛の縁談《えんだん》がいくらきてると思ってるんだ⁉」

仕事先で話には聞いていましたけど、やっぱりメトには大量の縁談《えんだん》が持ち掛けられていたんですね。

「こんな奴と結婚していいのか？　メト、血も涙もない冷たい奴だけど」

メトを指差しながら私に尋ねるアルファイン様。

「……私は、契約とはいえこうやって結婚出来たのがメトで良かったと思っています」

「お、本当か？」

何故か目を輝かせながら私の方に身を乗り出すアルファイン様と、少し険しい表情を浮かべるメト。

仕事先で耳に入るルーフェス公爵様の噂は、目的のためなら手段を選ばない冷たくて残忍《ざんにん》な人だというもの。でも実際は、私が家族にされた仕打ちを聞いて、自分の事のように怒ってくれる優しい人。それに――

「頭の回転も早くて、臨機応変に対応できて決断力もある。こんなに素敵な仕事相手、他にいません！」

力強く答える。だってメトは、今まで出会ったどの仕事相手よりも、有能で頼りになって一緒に契約結婚《しごと》がし易い！

「仕事相手かよ！」

「それ以外に何が？　私達の関係はビジネスです」

恋愛感情なんて、恐れ多くて持てません！

それに、絶対に貴方からの愛を望みませんって口説き落として、契約を結んでもらいましたからね。約束を破るのは、仕事において信用問題に関わります！

「甘い展開を期待してたのになー」

「上出来だ。流石、俺が認めた契約相手」

文句を言うアルファイン様の隣で、私の答えに満足した様子のメトは笑みを浮かべた。

「ふふ。お褒め頂きありがとうございます」

――それに、メトだけじゃない。きっと、私はもう誰も好きにならない。

どうせエレノアに奪われてしまうなら、初めから誰も好きにならなければ良い。

愛する人に裏切られるのは、もう嫌。

◇

夜が明けて目を覚まし、見知らぬ天井が目に入ってきて、全てが夢でないと実感する。

カインに離縁されたのも、メトと結婚したのも、全部全部、現実で起こった事なのだと。

ここに来てからもう数週間経つのに、まだ全然、私に用意されたこの広くて綺麗な部屋に慣れない。私には不釣《ふつ》り合《あ》いだと思える大きなベッドの上には、あちらこちらに散らばる書類と私宛の招待状の山。

公爵夫人になってから今日まで、私は休む暇なく働いていた。

メトに任された事業の挨拶回りに、経営の確認、マルクス伯爵家時代にお世話になっていたお客様様様や取引先への謝罪と、ルーフェス公爵家での仕事のお知らせ。

さらに、私宛に届いた大量のお茶会やパーティの招待状への返信。

やるべきことが多すぎて目が回るほど忙しかったけど、不思議と苦ではなかった。

マルクス伯爵家でも毎日忙しくしていたけど、ここでは、仕事終わりに使用人の皆さんが労ってくれるし、温かい食事が勝手に出てくるし、部屋も綺麗に掃除《そうじ》してくれるし、ハズレ嫁なんて罵倒《ばとう》されないいし、もう快適！　仕事だけに集中出来るなんて、なんて素晴らしい環境なの！

「ルエル様。朝食の準備が整いました」

「ありがとう。すぐ行きます」

着替えながら、公爵家のメイドに返事をする。

公爵家当主であるメトの発言力もあるのでしょうけど、訳ありの私を妻にするとの突然の報告にもかかわらず、公爵家の皆様は私を快く受け入れてくれた。

着替えを終え一階にあるダイニングルームに向かうと、久しぶりに顔を見る旦那様の姿があった。

「おはよう。少しはこちらに生活に慣れたか？」

私の旦那様は、私と同じくらい忙しい人みたいで、結婚してから今日まですれ違いばかりで全く顔を合わさなかった。

「おかげさまで。公爵家の皆様にも、とても良くして頂いています」

彼のすぐ隣に用意された席に座る。起きたら朝食の準備がされているなんて、本当に幸せ！

おかげさまで、朝もゆっくり目を覚ます事が出来る。

「君に任せた仕事は上手くいっているようだな」

「はい。以前贔屓《ひいき》にして頂いていたお客様や取引先への挨拶回りもすみましたし、何も問題ありません」

「部下達から、君の仕事ぶりはとても丁寧できめ細やかだと聞いている。マルクス伯爵家でも販売の事業を手掛けていたようだが、まだ我が家の名産品についての事業を任せて数週間しか経っていないのに、新規の顧客《こきゃく》も増えて結果を出しているとね」

「それは、以前から懇意《こんい》にして頂いたお客様が、マルクス伯爵家ではなく私を選んで下さったからです」

マルクス伯爵家時代のお客様や取引先も、私の離縁と再婚を好意的に受け入れてくれたのが幸いだった。まぁ、挨拶のついでに、離縁の経緯を簡単にお話ししたら同情的になってくれて、離縁して当然だとまで言ってくれたのだ。

嬉しい事に、契約を新たに私と結び直すとまで言って下さる方もいて、本当に家族には恵まれませんでしたが、仕事相手には恵まれました。

元お義父様に押し付けられて始めたことだけど、頑張ってきて良かったと心から思う。

「ところで、今日の予定は？」

「ひと段落したので、今日はお休みを頂いて、家で招待状の返信をしようと思っています」

なんせ、公爵家に仕えている方々は質が良い。私の言う事を瞬時に理解してくれるし、自分達から進んで仕事をしてくれる。皆にならい、ある程度仕事を任せても大丈夫だと思えるから、以前のように全ての仕事に張り付いている必要もない。

今の忙しさを乗り越えれば、マルクス伯爵家の時よりもゆっくりと仕事が出来そう。

「それは良かった。実は今日は、君に本命の仕事をお願いしようと思ってね」

本命の仕事——即ちそれは、契約結婚にまつわるもの。

「かしこまりました」

私という妻を迎えた事で縁談《えんだん》は全て断ったようだけど、それでもまだ、容姿端麗《ようしたんれい》、お金持ちで公爵位の彼とお近づきになりたい人は山ほどいるらしい。

既婚者相手に娘の売り込みをする父親に、密会のお誘いなんかもきているらしい。

まぁ、相手が訳アリ伯爵令嬢ですものね。隙あらばと思われても仕方ありませんか。

そんな方々には、私達の仲睦《なかむつ》まじい姿を見せつけて、貴女達が入り込む隙なんてありませんよ、と思わせる必要があります。

メトのおかげで、無事にマルクス伯爵家、クリプト伯爵家から逃げてこれたんだもの。

私もしっかり、虫除《むしよ》けとして彼のお役に立たないといけません！

どんな仕事よりも最優先事項！　しっかりと務めあげてみせます！

「今から会いに行くのは、もっとも、俺が幸せな結婚をしたと思って欲しい人物だ」

「それは誰なんですか？」

ここで彼から出てくる名前は、きっと誘いを断りにくい彼と同じくらい爵位の高い貴族や、仕事関係の大切なお客様だと思っていた。

「フィーリン、俺の義理の姉だ」

だけど、出てきたのは全く想像していなかった名前だった。

ルーフェス公爵家と大切な商談をするにあたって、私は彼の事を調べた。彼の功績、評判、経済状況、家族関係まで事細かに。フィーリン様は亡くなったお兄様の妻であり、甥《おい》の母親の名前。

「何を驚く？　俺の事は調べてあるんだろう？　俺に義理の姉がいるのは知っているはずだ」

「知ってはいますが……」

「義姉が妻を紹介しろとうるさくてな。今まではお互い仕事で忙しいからと断っていたんだが、いい加減、断るのも面倒になってきた」

「いえ。ご挨拶が遅くなってしまって、フィーリン様に申し訳ないです」

「別にいい。詳しい話は移動中の馬車の中で話す」

食事を終えたメトは、先に席を立ち部屋を出た。

確かに、メトの事は調べた。義理の姉がいる事も勿論知っている。

でも、私が調べて得た彼の情報は、表面上のものだけ。

何故、彼が甥《おい》に爵位を継がせたいのか。何故、他の誰を差し置いて、お義姉様にメトが幸せな結婚をしたと思って欲しいのか。私は彼のことを何も知らない。

「フィーリン様……一体、どんな方なのでしょう？」

もしかして、メトには私みたいな訳あり令嬢なんて相応しくない！　なんて、結婚に反対されたりするのかも。

でも、メトが誰よりも幸せな結婚をしたと思って欲しい相手！

契約結婚を持ち掛けた張本人として、失敗する訳にはいきません！

「どんな嫌味を言われても、笑顔で耐え抜きます！」

罵詈雑言《ばりぞうごん》のスルースキルは、元お義母様やお義父様で慣れています！　ドンと来いです！

◇

「まぁまぁまぁまぁまぁ。ようこそいらっしゃいましたぁーお会いしたかったわぁー」

「……初めまして」

覚悟して来たのに、なんだか想像と違う。

——馬車に揺られる事、数時間。

フィーリン様はご実家には戻らず、ここルーフェス公爵家が統治する領地で暮らしているらしい。

そんなに大きくはないし少し古く見える屋敷だが、周りには沢山の花が植えられていて、広い庭もあり、手入れの行き届いた可愛らしい温かみのある家。

そんな温かい家に到着するや否や、同じように温かい笑顔で迎えいれてくれる、義姉。

な、なんだか凄く、歓迎ムード？

「ルーフェス公爵様の妻になりました。クリプト伯爵家の長女、ルエルと申します。ご挨拶が遅れてしまい、申し訳ありません」

「まぁまぁまぁまぁ。いいのよぉ。そんなにかしこまらなくてー。私はフィーリン。メト君のお嫁さんになってくれて嬉しいわ。どうぞ、メト君を末永くよろしくねー」

想像していたよりも遥《はる》かにフレンドリー！

「ルエル、疲れていないか？　義姉さん、ルエルを少し休ませたいんだが」

私の肩を抱き寄せ、わざとらしいくらい顔を近付け、気遣う台詞《セリフ》を吐くメト。

おお。間近で見ると本当に綺麗な顔してますね。

「まぁまぁまぁ、大変。こちらへどうぞ。お菓子やお茶を沢山用意してるの――是非、ゆっくり寛いでいってね」

そう言って、この屋敷に常駐《じょうちゅう》しているメイドに声を掛け、中に入るフィーリン様。

「……おい、きちんと仕事をこなせ」

「あ、はい。すみません。つい、メトの綺麗な顔に見惚れてしまいました」

「そんなの分かり切っているだろう」

自信満々ですね。いや、実際そうなんでしょうけど。自分で言っちゃいます？

「フィーリン様、とても良い人そうですね」

「良い人そう。じゃなくて、義姉はこちらが心配になるくらい、本当に良い人でお人好しなんだ」

深い溜め息。でも、嫌な感じじゃない。純粋に心配して出たものだと思う。

「ルエルちゃん、こっちこっち」

フィーリン様に案内されたのは、広い庭に用意された丸くて白いテーブル。テーブルには、美味しそうなお菓子とティーカップに入ったお茶。それと、林檎《りんご》のジュースが入ったコップ。

そのテーブルには先客がいて、可愛い兎《ウサギ》が描かれたコップを手に持ち、ゆっくりと林檎《りんご》ジュースを飲んでいた。

「ルエルちゃん、紹介するわね。この子は私の息子で、シャインと言うの。シャイン、ご挨拶は？」

フィーリン様に促され、まだ幼い男の子――シャインは、彼にはまだ大きい椅子《いす》から上手に降り私の前まで来ると、ペコリと頭を下げた。

この子がシャイン！　メトの甥《おい》で、メトが将来、爵位を継がせたい相手！

「シャインです。初め……まして、五歳です」

か、可愛い！　メトのお兄様の子供なだけあって、どことなくメトとも似ている気がする！

あ、でも、髪質はふわふわなウェーブのかかったフィーリン様と同じ！　可愛過ぎる！

「初めましてシャイン様。私はルエルと申します」

「さ……ま？　お姉ちゃん、メトお兄ちゃんのお嫁さんじゃないの？　メトお兄ちゃんのお嫁さんなら、僕、呼び捨てでいいよ？」

いいの!?　お言葉に甘えてしまいたい！

「かしこまりました。では、シャインとお呼びしますね」

心の中と現実とのテンションの違いに追い付けない。必死で冷静さを保ってる。

「シャイン、元気そうだな」

「メトお兄ちゃん！」

メトの姿を見付け、嬉しそうに駆け寄ると、シャインはそのままメトに抱きついた。

とても幸せそうな家族。いいな。

私も、そんな幸せな家族に産まれたかった。そんな幸せな家族を築きたかった。

「――まぁまぁまぁまぁ。それじゃあ、メト君からルエルちゃんにプロポーズしたのねー」

想定していた通り、馴れ初めから結婚までの話を根掘《ねほ》り葉掘《はほ》り聞かれたので、予《あらかじ》め打ち合わせしていた内容をそのまま話す。

「はい。私が結婚していたので諦めていたそうなのですが、私が離縁したと知り、ずっと私の事が好きだったという告白と、生涯を共にして欲しいとプロポーズしてくれました」

聞かれるだろうと思って告白&プロポーズの言葉までしっかりと決めましたよ。

失敗は許されませんからね。

庭でシャインと走って遊ぶメトの姿を見ると、ただのどこにでもいそうな青年に見える。

「ルエルちゃんは、メト君のどんなところが好きなの?」

「どんなところ……」

私は、彼をまだよく知らない。赤の他人が知れるような情報しか、彼を知らない。でも——

「私のために、誰かのために怒れる、優しいところが好きです」

それに頭の回転が早いところと、臨機応変に対応出来るところ。あと、決断力があるところ!

全部仕事関連だから言えないけど!

「そう、良かったわぁー。メト君は、ちゃんとルエルちゃんを守ってくれているのね……なら、これを見せても平気かしら……」

「え?」

フィーリン様はそう言うと、ポケットから二枚の手紙を取り出しテーブルの上に載せた。

封筒に書かれた差出人の名前を見ただけで、この手紙にどういった内容が書かれているのかが予想出来てしまう。ご丁寧にクリプト伯爵家とマルクス伯爵家の両方から一通ずつ。

「数日前に届いたの。読んだけど、とても酷いものだったわ」

手紙を手に取り読むと、そこには予想していたような内容がズラリと書き綴られていた。

私の男遊びが原因で離縁した。仕事も夫人の務めもせず、遊び回っていた。可愛い妹に嫉妬《しっと》して虐めていた。妹の恋人や友達を奪った。務めを果たさず、子供が産めないハズレ嫁。

あることないこと、好き勝手に書かれている内容。

ふざけてる。不貞《ふてい》を働いたのはそっちで、仕事も夫人の務めも全部私に押し付けていたのに？お母様と結託《けったく》して私を虐めていたのも、友達や旦那を奪ったのも、全部妹なのに？

「……すみませんフィーリン様。私の生家と元義家族から、こんな手紙が届いてしまって」

「私はいいの。でも、ルエルちゃんが心配で」

あの人達は、私がルーフェス公爵家に嫁《とつ》いだのが心底気に食わないのでしょうね。

だから、フィーリン様にこんな手紙を送り付けた。私の心象を悪くし、あわよくば私をルーフェス公爵家から追い出してもらうために。

「メト君が選んだ女性だもの。こんな手紙、初めから信じていないわ。ルエルちゃんがこんな事するはずないもの」

「……いいえ。一つだけ、本当です」

どちらの手紙にも書かれている共通の内容。

「私には、子供が出来ませんでした」

子供が産めないハズレ嫁。それだけは、真実。

「元夫は、それが原因で私の妹と不貞《ふてい》を働き、妊娠させたんです」

たまに馬鹿な事を考えてしまう。もし、私に子供が出来ていたなら、私はあのままカインと一緒に過ごせていたのだろうか？　私にも温かい家庭が作れていたのだろうか？

本当に馬鹿みたい。もう叶わない未来なのに。

楽しそうなシャインの笑い声が聞こえる。

可愛い子供……いいな。愛する人と出来た、愛しい宝物。

たとえ子供が出来なくても、私はカインと二人で支え合って生きて行くつもりだった。子供が出来なくても心が通じあっていると思っていた。ただの幻想だったけど。

「ルエルちゃん」

「あれ？　ごめんなさい、私……」

目から涙が勝手に流れてくる。あの日から今まで一度だって泣かずにいたのに、どうして今泣いちゃったんだろう？

優しく私の背中をさすってくれるフィーリン様の手がとても温かい。

「泣いていいのよ。私達、家族になったのだから」

「か……ぞ……く」

そうか。契約結婚だけど——私はメトと結婚したから、フィーリン様とも家族になったんだ。

「ルエルちゃんが泣いていたら、泣き止むまでずっと傍にいるわ」

堰を切ったように泣いてしまった自分が、情けなかった。

私は、フィーリン様にメトとの仲の良さをアピールして、幸せな結婚だと思ってもらうためにこ

こに来たのに、何故かフィーリン様の胸に顔を埋めて泣きじゃくっている。

背中からは、私を気遣うシャインの心配そうな声も聞こえて、その小さな手で頭を撫でてもらったら、もっと涙が止まらなくなった。

きっと、メトは呆れてるだろうな。契約——仕事で来ているのに、そっちのけで子供のように泣きじゃくっているんだもん。

でも、止まらなかった。偽物の契約結婚なのに、私はフィーリン様を騙しているのに、初めて出来た温かい家族に、優しい言葉に、泣き止むまで傍にいてくれる思いに、とても胸が温かくなった。

◇

「……ここ、どこ?」

泣き過ぎて目が痛い。赤くなって、腫れてるかもしれない。

辺りが薄暗いのは、もう夜だから? 光は小さなランプの灯り? 私、ベッドの上にいる?

自分の体が横たわっており、ふかふかの布団《ふとん》に包まれている事に気付く。

もしかしてあの後、ずっと泣いて疲れてそのまま寝ちゃったの!?

ガバッと布団《ふとん》を跳ね除け、起き上がる。

ヤバいヤバいヤバい! なんて失態《しったい》! こんなの、メトになんて言い訳すれば——いや、言い訳は良くない。ここは誠心誠意謝罪して——

「起きたか？」

「うわぁ！　はい！」

部屋の中にいたメトに急に声を掛けられ、驚いて大きな声を出したら、迷惑そうに耳を塞がれた。

「うるさい、もう夜だから静かにしろ。シャインが起きたらどうする」

「あ、ごめんなさい」

シャイン？　シャインがいるという事は、ここは公爵家ではない？

部屋を見渡せば、見覚えのない部屋。

「……あの、まさか……私の所為《せい》で、フィーリン様のところに泊まる事になりました？」

本当は今日は、日帰りで帰る予定だったはず。私が恐る恐る尋ねると、メトはそうだと頷いた。

「本っっ当に申し訳ございませんでした！」

ベッドの上で頭をつけて謝罪する。

こんな失態《しったい》仕事でも中々しないのに！　よりにもよってこんな大切な仕事で!?　有り得ない！

「別に構わない。どうせ、シャインに帰らないでって駄々《だだ》を捏《こ》ねられて泊まる羽目になると思っていたから、仕事の調整はしてある」

な、ならまだ良かったのか？

「もっとも、君は仕事を理由に帰らせるつもりでいたけど」

「申し訳ありません！」

謝罪の言葉以外、何も思い付かない。

「義姉さんが明日、昼食を一緒にと言ってたから、そのつもりで」

「はい、かしこまりました」

「……いつまで土下座してるつもりだ？」

メトはもうお風呂も済ませたのか、寝間着に着替え、部屋に備わっているソファに腰掛けていた。

「あの、メトはどうしてここに？」

あのまま寝てしまった私を運んでくれたんだろうけど、まさか私を心配して、そのままずっと傍にいてくれたの？

「夫婦なんだから、一緒の部屋を用意されていてもおかしくないだろ」

「そ……うですよね」

ルーフェス公爵家では、夫婦別々の部屋を用意してもらっていたので忘れていましたが、そうですよね。普通、客人の夫婦には同じ部屋を用意しますよね。

「だから君だけを帰らせるつもりでいたのに」

ごもっともです。泣き喚いて泣き疲れて寝てしまった。全部私が悪いんです。

「メト、ベッドを使って下さい。私、ソファで寝ますので」

「何故？　一緒にベッドで寝ればいい」

「それは！　契約違反です！」

「そんな契約はなかったと思うがな」

ない？　いやでも、結婚は形式だけって……

確かに、行為そのものについては明記していないけど！

「冗談だ。君に手を出す気は微塵《みじん》もないから安心しろ」

「……それはそれで複雑ですね」

女としてなんの魅力もないって言われてるみたい。

「手を出して欲しいのか？」

「いいえ、つつしんでご辞退申し上げます」

「君には指一本触れないし、一緒のベッドを使っても問題ないだろう。別々に寝ているのがバレて、変に勘繰《かんぐ》られる方が困る」

そう言われると断れないんですけど。まぁでも、メトが私に手を出すわけないか。

「あの、本当にごめんなさい。明日は、フィーリン様にちゃんと幸せな結婚をしたと思ってもらえるように、認めてもらえるように頑張りますので！」

ベッドの隣に来たメトに向かい、もう一度改めて謝罪と、挽回《ばんかい》の言葉を口にする。

「その必要はない」

「まさかクビですか⁉　お願いします、もう一度チャンスを下さい！　必ず明日は仲の良い夫婦を演じて、幸せだと思って貰えるように努力します！　だからクビだけはどうか許して下さい！」

「落ち着け、義姉は君を気に入っていたよ」

「へ？　嘘？」

「ちゃんと君を守ってやれ。守らなければ怒るとまで言われたよ」

そう言いながら、メトはクリプト伯爵家とマルクス伯爵家から来た手紙を取り出した。

「本当に懲りない屑共《クズ》だ」

メトも手紙を読んだのね。

「迷惑を掛けてごめんなさい」

幸せな結婚をしたと思って欲しい相手に届いたのは、私の実家と元嫁ぎ先からの、私を陥れるような内容の手紙。

こんな手紙が家族から送られてくるなんて、普通は私に問題があると思っても仕方ない。なのにフィーリン様は私を受け入れてくれた。フィーリン様の心の広さに感謝します。

「この調子では、あの人達はきっと社交界でも似たような噂をばら蒔いていると思います」

仕事で出会った、私の人となりを知ってくれている方々は私の言い分を信じてくれたけど、社交界関係の繋がりは少ない。きっと、今は私の悪い噂が広まっているでしょう。

「問題ない。公爵家の力を使えば噂などすぐに消せる」

「いえ、メトが良ければ、そのまま流させて下さい」

あの人達が私のありもしない悪評を流すのなら、それはそれで構わない。

「それでいいのか？」

「どんな噂が広まろうが、私は無実です。男遊びもしていなければ、仕事も家のこともして、妹だって虐めたことはありません」

馬鹿で愚かな人達。嘘をつくなら上手につかなきゃ。

その嘘を本当に見せかけるくらいの実力が必要なのよ。

「あの人達がつく嘘に、私は負けません」

絶対に許さないと決めた。私が味わった苦しみを、絶望を与えないと気が済まない。貴方達が私の嘘の噂をばら蒔《ま》くなら、逆にそれを利用してあげる。

「さっきまで馬鹿みたいに泣いていた奴の台詞《セリフ》とは思えないな」

「あ、あれはその、フィーリン様が優しくて、つい」

温かなこの家の雰囲気にのまれたのかもしれない。無邪気で可愛い子供、優しい母親は、私が欲しかった家族の姿だった。

「まぁいい。何か考えがあるなら、この件で我が家が動くのは止めておく。そうすれば、あの家族は調子に乗って、もっと行動がエスカレートするだろうからな」

流石ルーフェス公爵様。

まだほんの少ししか、私の家族に関わっていないのに、的確に本質を理解されていますね。

「はい、きっとあの人達はメトが注意してこないのを、自分達の都合の良いように解釈《かいしゃく》するでしょう」

噂を信じたルーフェス公爵様がルエルを守らなかったと。ならばと畳み掛けて、もっと私の悪評をばら蒔《ま》くに違いない。

「楽しみですね」

「君はその間悪く言われ続けるが、本当にいいのか？」

「はい、悪く言われるのは慣れていますから」

暴言なんてお手の物ですよ。陰口も、元義実家のメイド達から言われていましたね。元お義母様やお義父様が私を悪く言うから、それを信じたメイド達の風当たりが強くなったんだっけ。

「……もう寝る」

「あ、はい。お休みなさいませ」

同じベッドの上、真ん中を開けて、私達は眠りについた。

◇

昨日の非礼を謝罪するとフィーリン様は笑顔で許して下さった。

本当に優しくて心の温かい人。

用意された昼食を食べ終え、昨日と同じように広い庭で三人でゆっくりとした時間を過ごす。昼食時はメトもいたが、『用事が出来た。暫《しばら》くしたら戻る』と私を残して出かけていった。

「相変わらず忙しいのねー。お仕事のし過ぎで体を壊さないといいけど」

フィーリン様は出掛けたメトを思い、心配そうに言葉を漏らした。

「そうですね」

クリプト伯爵家の当主であるお父様も領地の管理で忙しそうだったけど、ルーフェス公爵家はそれに加えて、皇帝陛下からの命や、国境の防衛、魔物の退治とたくさんの仕事がある。

――ルーフェス公爵家に仕えている者達に指示を出しながら、時には自らも戦線に立つのだから、忙しさは桁違《けたちが》いだろう。

マルクス伯爵家の当主である元お義父様はとても暇そうにされていましたけどね。

事業の経営は全て私に丸投げ。領地の管理はしていたのかしら？

いいえ、してはいたんでしょうけど、ふんぞり返って偉そうに無理難題な指示を出していたイメージしかありません。書類もミスばかりだったので、私がこっそりと夜中に修正していました。

「メト君、ルエルちゃんがお嫁に来てくれて、仕事の一部を任せることが出来て助かってるって言ってたわー。ありがとうね、ルエルちゃん」

「メト、そんな風に言ってくれているんですね」

元義実家では、仕事をしてもどれだけ成果を上げても、義実家に尽くすのは当たり前！　嫁の義務！　みたいな反応で、感謝された事がなかったから凄く嬉しい。

「ルエルお姉ちゃん。はい、これあげる」

庭で一人、せっせと何かを作っていたシャインは、出来上がった花冠《はなかんむり》を私に被せてくれた。

「プレゼントだよ。ルエルお姉ちゃん、可愛い」

「ありがとうございます！」

天使！　天使がここにいる！　可愛過ぎる可愛過ぎる可愛過ぎる！

「まぁまぁまぁ、シャインもルエルちゃんを気に入ったのねー」

本当ですか!?　それなら幸せの極みです！

「とても光栄です」

心の叫びを必死に表に出さないよう、平静を装うのがしんどい。

「……この子は、亡くなった主人の、大切な忘れ形見なの」

再び庭に向かったシャインを眺めながら、フィーリン様が呟く。

「……メトのお兄様ですね」

「あの人、メト君のように強くなかったの。病弱で……最後まで頑張ったけど、亡くなってしまったわ」

モネ＝ルーフェス。若くして病気で亡くなってしまった、メトの兄。

「私が嫉妬《しっと》するくらい、とても仲の良い兄弟だったのよー」

懐かしそうに、愛おしそうに、微笑みながら話すフィーリン様。

本当にモネ様がお好きだったのだろう。

「ただ、あの二人のご両親は息子にとても厳しかったみたいね。特に、長男であるモネが病弱だからと、代わりに全ての期待を背負わされたメト君に」

「――え？」

私が調べて得た情報は表面的なもの。家族仲までは分からなかった。

メトも……両親に、厳しい扱いをされてきたの？

「モネは、まだ幼いメト君に全てを背負わせてしまったと申し訳なく思っていたわ。だからせめて、大好きな弟をずっと守ろうって決めたんですって」

躾《しつけ》という名の暴力から幼いメトを守り、後で自分が叱られようとも助けにいったという。

メトはどんな気持ちで私の話を聞いていたんだろう。

自分と同じだと思った？　だから復讐を応援してくれたの？

「メト君は、シャインや私をとても大切にしてくれているわ。けど、彼自身にも幸せになって欲しいの。だってそれが、モネの一番願っている事だから」

メトもきっとお兄様が大好きだったのね。だからこそ、爵位をお兄様の忘れ形見であるシャインに譲ろうとしている。

「だからね、メト君に好きな人が出来て、ルエルちゃんがお嫁に来てくれて、私、本当に嬉しいの。ありがとう、ルエルちゃん」

ギュッと私の手を握り締めるフィーリン様の手が温かい。でも、私はこの人を騙してる。

私達は契約結婚。そこに愛はない。メトは――幸せな結婚なんてしていない。

「あ……私……」

メトを私の復讐に巻き込んで良かったの？　亡くなったお兄様のためにも、メトは本当に好きな人と結婚して幸せになるべきだったんじゃ……フィーリン様から話を聞いて、急に後悔が渦巻いた。

「――義姉さん、ルエルに余計な話をしましたね？」

「メト⁉」

フィーリン様に握られた手を、横から現れたメトに腕を掴まれて引き離される。

「まぁまぁまぁまぁ、もう戻ってきたのね。ごめんなさいね、でもルエルちゃんには、ちゃんとメト君のことを知っていて欲しかったのー」

メトが冷たく睨み付けるも、何も気にしていないようにのほほんと返事をするフィーリン様。

「はぁ。今日はもう帰る」

「あら、そう？　残念。ルエルちゃん、また遊びに来てね」

「あ、はい！」

少し乱暴に腕を引っ張られながら、メトと共にフィーリン邸を出る。

怒っているの？　どうして？

メトの過去をフィーリン様から聞いてしまったから？

「あの、私、絶対に口外しません」

馬車に乗り込むとメトが手を離してくれたので、恐る恐る、その手を上げながら発言する。

「忘れます！　どうにかして！　それに、私の家族も強烈なので大丈夫です！　あ、私は元義実家も強烈でしたし、全然、メトの話を忘れられます！」

テンパっていて、自分でも何を言っているのか分からない。

「不幸自慢か？」

「え!?　いえ、そんなつもりはありません！　ただ、その……聞かれたくないお話だったんだろうなと思って……」

勝手に話を聞いてしまった事に怒っているのなら、なんとか忘れるしかない！

「ルエルが謝る必要はない。ペラペラと勝手に話したのは義姉だろう」

「いえ。途中で遮ることも出来たのに、気になって最後まで聞いてしまいました」

貴方も私と同じなんだと思ったら、聞いて欲しくない話だと分かっても止められなかった。

「正直だな」

「怒っていますよね？」

「別に、結婚した相手に隠す話でもないから怒っていない。ただ、面白くもない話だし、義姉が話さなければ俺は絶対に話さなかったがな！」

語尾に近付くにつれて怒りが滲んでますよ、メト。

きっとフィーリン様は、メトが自分の過去について絶対に私に話さないと思ったから、代わりに話したんでしょうね。

「フィーリン様は、メトが好きなんですね」

メトの過去を私に伝えたのは、辛い過去を抱えた彼を丸ごと支えて欲しいと、お節介《せっかい》を働いたのかもしれない。

「知っている。余計なお世話だがな！　毎回毎回、俺の健康やに友人関係に恋愛まで、子供じゃないのにいちいちいちいち。まるで、兄さんみたいに――」

フィーリン様は、亡くなった夫の遺志《いし》を受け継いでいるんですね。家族を失ったメトの本当の家族になれるように――それなのに私は、メトを自分の復讐に巻き込んでしまった。

「何を考えているのか大体想像はつくが、君との結婚を決めたのは俺自身だ。それを気に病む必要はない」

私の様子がいつもと違うことに、メトはすぐに気付いた。

一瞬、誤魔化そうとも考えたけど、出来なかった。

「私……メトの過去も知らずに、復讐に巻き込んでしまいました」

モネ様やフィーリン様、メトを大切に思う人達の気持ちを考えず、自分の復讐を優先してしまった。

「本当にごめんなさい。メトは、本当に好きな人と結婚して幸せになるべきでした」

自分の過去を思い返すような復讐に巻き込むべきではなかったのに。

「さっきも言ったが、君との結婚を望んだのは俺自身だから、何も気に病む必要はない」

「でも……」

「君との結婚は俺にも利益があるから受けた。ルエルも知っての通り、俺は誰とも結婚するつもりがなかった。君と結婚したのは、義姉やシャインを安心させるためでもある」

「……メトも、フィーリン様とシャインが大好きなんですね」

だからこそ、心配を掛けないために、安心してもらうために、幸せな結婚をしたと思って欲しい。

あの二人が、メトの『もっとも、俺が幸せな結婚をしたと思って欲しい人物』。

メトは噂通りの冷たい人なんかじゃない、とても家族想いな――優しい人。

「うるさい」

「痛っ！　痛いですメト！」

メトは私の隣に席を移動すると私の鼻をつまんだ。

痛い！　鼻の頭がヒリヒリする！

私が鼻の頭に触れていると、メトは手を取り、左手薬指に彼の身に着けているブローチと同じ色の宝石のついた指輪をはめた。

「これ……」

「君に指輪をプレゼントすると言っていただろう」

「言っていましたけど。これ、もしかして、物凄くお高いものじゃ」

綺麗な、透き通るような淡い水色の宝石は、彼の瞳の色を連想させる。

「誰よりも豪華な指輪を贈ると言ったはずだが？」

そうだ。この人、相場を知らないんだった。

「こんな高価な指輪頂けません！」

「気にしなくていい。今後、君が働いて返してくれるはずだからね」

は？　それってまさか！

「貴方に払って頂いた結納金《ゆいのうきん》と同じで、私が返却するんですか？」

「勿論」

私の借金が増えた！

「待って下さい！　それなら、もう少しお手頃なお値段の方が！」

「ルーフェス公爵家の夫人が身につける指輪が、安物で充分だとでも？」

「うっ！」

勿論安物はダメだけど、ある程度高額なものならそれで良いかなとは思っていました。

「それに、君の馬鹿な妹に俺達の仲を見せ付けるのなら、指輪は高価であればあるほど良いと思うがな」

「……そうですね」

エレノアは昔から、私の物を欲しがった。

実家にいた時、私は多少なりとも社交界に顔を出していた。

その時のドレスだって、私よりも何倍も良い物を用意してもらっていたのに奪われた。宝石もアクセサリーも靴も。私に話し掛けてくれた侯爵家の友達も、夫も。

私を見下し、私より優位に立たないと気がすまない妹。そんな妹の前で。私が誰よりも綺麗で豪華で高価な指輪を身に着ける。

エレノアにとっては、とても屈辱的《くつじょくてき》でしょうね。

「……分かりました」

正直まだ納得してないけど、効果的なのは分かる。次からはきちんと金額についてハッキリ言わなくちゃ！　このままじゃ、借金の額が膨れ上がる一方！

「もし今後、君に理不尽な言い掛かりを付けてくる人間がいれば、その指輪を見せればいい。その指輪は俺の寵愛《ちょうあい》の証明として、君の盾になるだろう」

それって、噂の火消しを私が断ったから？

「メト、私は大丈――」

「俺は君の夫として、君を守る義務がある」

私を、守る？

私を守るなんて言ってくれたのは、契約結婚である貴方が初めて。愛を誓ったはずのカインには、そんな風に言われたことは一度だってなかったのに。

「あ……ありがとうございます」

「よろしい。指輪の代金は気長に返してくれればいい。俺は君と離縁するつもりがないから」

「分かりました」

カインは、私がハズレ嫁と罵倒《ばとう》されようとも一度も助けてくれなかった。それどころか『両親はルエルのために言っているんだ』なんて言って、元お義母様達を庇った。

どうしよう、凄く嬉しい。

誰かにこうして守られるのが、こんなに嬉しいことだとは思わなかった。

身勝手に私の復讐に巻き込んでしまったのが始まりだけど、メトが私の結婚相手で良かった。愛を誓い合ったカインよりも、愛を誓っていないメトの言葉の方が今は信じられる。

私も、メトのために、もっと彼に相応しい妻にならなくちゃ。

第三章　パーティでの再会と交戦

一ヶ月後——ルーフェス公爵邸。

「おはようルエル！　元気か？」

「ラット、おはよう」

見知らぬ天井にも、広くて綺麗な部屋にもやっと慣れてきた今日この頃。

「今日も仕事か？」

「うん、朝から会議があるの」

いつものようにダイニングルームで朝食。私はそんなに食欲がある方じゃないので、果物とヨーグルト、熱い珈琲《コーヒー》を頂く。

「メトもよく働くなって思ってたけど、ルエルもめっちゃ働くな！　疲れないのか？」

ダイニングルームへの立ち入りは、私達の食事が始まれば、ラット以外は禁止。秘密の会話もよくしていますからね。

「最初に比べれば全然。それに、マルクス伯爵家にいた時の方が忙しかったから」

元お義父様がお雇いになられた使い物にならない従業員も多く、現場に張り付いていないと何をされるか分かったものじゃなかった。

それに今思えば、肉体的だけじゃなくて、精神的にもキツかった気がする。奴隷《どれい》のように働いて報酬《ほうしゅう》はなし。ハズレ嫁と罵倒《ばとう》されて――ほんと、なんであんな所に好きでいたんだろう？　感覚が麻痺《まひ》していたのかな？

「あんなにルエルにお世話になっといて、酷い家族だよな」

「あはは」

アルファイン様――ラットの強い要望で、私は砕けた口調で話すようになった。

ルーフェス公爵夫人になった私が、アルファイン侯爵子息とはいえ公爵家に仕えているラットに対して敬語を使うのは間違っているとゴリ押しされたのだ。どうしようかと思ってメトに助けを求めたら、『その馬鹿なら好きに呼べばいい』と許可を出された。

「今日って、メトとデートの日だよな？」

「仕事終わりに、パーティのドレス選びに行くだけだよ？」

誤解されるような発言しないで欲しいって……むしろ誤解されていいんですよね。

私達、とても仲睦《なかむつ》まじい夫婦って設定なんだから。

「まてまた、フィーリンから二人とも良い雰囲気だって聞いてるぜ！」

私達の契約結婚を知らないフィーリン様にそう思ってもらえたのは何よりだけど、事情を全部知っているハズのラットが何故にそういう反応なの？

メトとデートのきっかけは、とあるパーティの招待状。ルーフェス公爵家と懇意《こんい》にしている貴族からの招待らしく、初めて夫婦同伴で参加するのだ。

パーティであるからには、ドレスやアクセサリーが必須なのだけど、私は何一つ持っていない。身一つでマルクス伯爵家から追い出されたし、実家のドレスも全部捨てられているに違いない。残っていたとしても、妹がわざと選んだダサいドレスのみ。

というわけで、今日のデートは、私のドレスやアクセサリーの買い物。

今回のパーティは私のお披露目《ひろめ》でもあり、ルーフェス公爵夫人として初めて社交の場に出席する。ルーフェス公爵夫人として事業は行っているし、昔から懇意《こんい》にしている貴族のお客様も何名かいらっしゃるから、完全にアウェーではないはず。

と言うのも、私が想像した通り、生家と元義実家の皆様はあれから遠慮なく私の悪い噂を流しているようなのだ。私を信用して、あんな噂なんて信じないと言ってくれたお客様もいれば、噂を信じて足が遠のいた取引先もいる。

完全に営業妨害！　お陰様で、今まで順調だった経営も足踏みしている状態。

離縁してからも、私を苦しめるなんて、本当に最低で最悪な家族達ね。

「どうせなら、とびっきり高いドレス選んじゃえよ！」

「無理無理無理！　どうせ私の借金になるもの！」

「心配しなくてもメトが買ってくれるだろ」

「絶対ない！」

甘いですねラット。私の借金の総額ご存じ？

高額な結納金《ゆいのうきん》に高価な指輪にさらにドレス？　アクセサリー？　無理無理無理無理！

「でもメトから給料を貰ったんだろ？」

「うん。それはまぁ」

メトは、私に仕事の対価として給料を払っている。

『いりません。嫁として働いて得たお金は婚家《こんけ》のものなので』と断ったら、拒否された。だから次は『借金の返済に当てて下さい』と言ったら、『返済は事業の利益で返してもらう』と言われた。

「じゃあ心配ないな！」

ずっと元義実家でも働いてきたけど、こうして、対価としてお金を貰えるのは初めて。

「折角だから楽しんでこいな」

「うん、ありがとうラット」

ここに来てから、ずっと狭かった視界が開けて、遠くまで見えるようになった。ずっと息苦しくて、呼吸がしにくかったのに、息がしやすくなった。

何故だろう？　前もカインが、愛する人がいて幸せだって思っていたはずなのに、今の方が生きるのが楽だ。仕事だって、カインの為に一生懸命、死に物狂いで働いていた。

今もメトの為に一生懸命働いているけど、同じ一生懸命なのにどこか違う、とても楽になった。

「ルエル様、今日は公爵様とお約束があるんですよね？　後は私達に任せてどうぞお帰り下さい」

部下達が何故か笑いながら、私に帰宅を勧める。

「どうして？　まだ時間は大丈夫よ」

「ルエル様、今日は朝からずっとソワソワしていらっしゃいますよ」

「旦那様とのデート、楽しみですね！」

そんなんじゃないと言いかけて、止めておく。だって私達は仲睦《なかむつ》まじい夫婦なんだから。

「ありがとう、お言葉に甘えます」

皆さんの心遣いに感謝し、いつもより早い時間に仕事を終えて、お化粧直しもしっかりして、馬車に揺られて、待ち合わせ場所のデザイナーがいる高級な仕立て屋に向かう。

皆に気を使わせちゃった。私はそんなに、朝から楽しみにしてるように見えたんだろうか。

今度、皆にお礼をしなくちゃ。

「そう言えば、あの時も、仕事を早く上がらせてもらったっけ」

エレノアとカインの不倫現場を目撃したあの日。

あの時も皆が気を使ってくれた。結局お礼出来ないまま、私はマルクス伯爵家を離れたけど……

ルーフェス公爵家であの子達を雇えないかしら？

私が育てた優秀な部下達だから、雇って損はないはず。今度、メトに聞いてみよう。

「……大丈夫。メトは、カインとは違うもの」

手をかざして、左手薬指に付けている指輪を見る。夫と共に事業を行うという意味であの時と状況は似ているけど、少しも不安に思わない。メトは私を守ってくれる、素敵な夫だから。

契約結婚なのになんて律儀《りちぎ》な人なんだろう。メトの為にも、今度のパーティではしっかりと振る舞わなくてはいけない。当初の口説き文句、令嬢達からの虫除《むしよ》けのために！

「いらっしゃいませ、ルーフェス公爵夫人」

店の中に入ると、オーナー兼デザイナーの名札を付けた女性が、私を迎え入れた。

店頭に並んだ沢山のドレスは、私が今まで着たドレス全てを集めても買えないような、上品で高価な品物だとうかがえる。

「ルーフェス公爵様がお待ちです」

案内された先には、腕を組んで立つメトの姿があった。

もう来ていたのね。早く仕事を終わらせてたのに、メトを待たせしてしまうなんて！

「お待たせしてすみません」

「別に待ってない」

待っていましたよね？　何故そんな嘘を？

「ルーフェス公爵夫人は、次のパーティで着るドレスをお探しだと伺いましたが、実は最上級のドレスの用意がございまして――」

「あ、すみません。少し待って下さいますか？」

オーナーの話を遮りメトの腕を引くと、その耳元で囁いた。

「相場ってご存じですか？」

「……何を言い出すかと思ったら、くだらない」

貴方にとってはくだらないかもしれませんけど、私にとったら死活問題です。借金が増えるんですよ？　ただでさえ、業績が足踏みしてる状態なのに。

「だから噂を消してやると言っただろ」

「業務に影響を与えたのは申し訳ないですけど、大丈夫です！　いざって時は、最強の天才であるルーフェス公爵様のお力をお借りしますから！」

「……まぁいい」

納得して下さいました？　こ、怖かった。

「オーナー、この店の中で一番良質なドレスはどれだ？」

ちょっと⁉　話聞いてました⁉

「はい、こちらでございます！」

意気揚々《いきようよう》と返事しましたね。そうですよね、高価な品物を買ってくれるかもしれない大切な上客ですもの。店員なら逃がしませんよね。私も同じ立場なら逃がしません。

促されるまま、高級なドレスの試着を繰り返す。

こ、こんなに高くて質の良いものに袖を通すなんて初めてで緊張する！

「こちらはいかがでしょうか？　ルーフェス公爵様の瞳と同じ、淡い水色を基調《きちょう》としたドレスになっております。公爵夫人がつけていらっしゃる指輪とも合うと思いますが」

社交界では、自分の瞳の色をパートナーに身につけさせるのは、相手を自分の物だとアピールする意味を持つ。ただ、ドレスの色まで合わせてしまうと、女性側の制限が多くなるので、基本はアクセサリーを合わせるのが一般的。

例外があるとすれば、今回のような夫婦のお披露目《ひろめ》の場だ。

結婚して初めての社交の場では、ドレスも夫の瞳の色に合わせる夫婦はいる。

でもそれは、夫が妻を溺愛していると周りに公言しているようなもの！

私は既に、指輪で彼の瞳の色を身につけてるし、これ以上はちょっと恥ずかしいけど。

「それにしよう」

やっぱり、流石メト。周りが引くくらいの溺愛っぷりを見せ付けて、近寄ってくる令嬢達を完璧に追い払う気でいますね？

「メト、本当にいいんですか？　あのドレスでパーティに行ったら、嫁大好き人間に認定されますよ」

帰り道。馬車に揺られながら再度確認する。

一応、他にも何着かドレスを買ってもらったので、今からでも変更出来ますけど。

「それが狙いだからな。そうすれば、結婚しているのに縁談《えんだん》を勧めてくる馬鹿な父親も、密会をけしかけてくる馬鹿な女も減るだろう」

どんっっっだけ声掛けられてるんですか。まぁ、周囲から見たら私達、互いに仕事ばかりのイメージでしょうからね。一切間違ってませんけど。

「あ、もしかして、誘いが増えたのは私の噂の所為《せい》ですか？」

「分かっているなら責任を持ってパーティに出席しろ。虫除《むしよ》けの務めを果たせ」

「はい、精一杯務めさせて頂きます！」

思わず敬礼してしまう。迷惑かけっぱなしだし、きちんと契約結婚の務めを果たさないと！

「……パーティには、マルクス伯爵の令息夫妻も出席するそうだ」

「知っています」

私がマルクス伯爵家を出てからすぐに、カインとエレノアは正式に結婚した。

今回のパーティが私達夫婦のお披露目《ひろめ》であるように、あちらの夫婦も今回のパーティがお披露目《ひろめ》。

なんの意図があってか、向こうがお披露目《ひろめ》の場所と日にちを被せてきた。

会うのは結婚の報告とお別れを告げたあの日以来。

「楽しみですね」

「楽しみ？」

「ええ、メトのおかげで、少なくともエレノアの悔しがる顔は見られそうです」

そう言って、私は左手薬指に付けた指輪をメトに見せた。

「妹は私より勝っていないと気がすまない性質です。そして、少しでも私が幸せを感じたら、それを奪いにくるんです」

エレノアよりも綺麗なドレスを着て、エレノアよりも豪華な指輪を身につけて、カインよりも素敵な結婚相手が横にいる。今までは全部、貴女に盗られてきたけど、今回は違う。

「絶対に次は奪わせません」

全部全部、あげない。

「……成程。なら俺も、契約結婚の相手として存分に君の復讐に付き合ってあげよう」

「ありがとうございます」

次に会うのを楽しみにしていたのよ。期待していてね？

貴女達は、私の悪い噂をばら蒔いていい気になってるのかもしれないけど、そんな事をしても全てが思い通りにはならないって、私が証明してあげる。

◇

——パーティ当日。

侍女達に手伝ってもらって、綺麗に身支度をする。この日の為に用意した、メトの瞳の色をしたドレスに指輪。ネックレスや靴に至るまで、全て彼の瞳の色で揃えられた。

正直、とても恥ずかしい。身支度を手伝ってくれている公爵家の優秀な侍女達も、ここまでの揃えっぷりに一瞬、言葉をなくしてた。普段仕事ばかりの私達だから、ここまで仲睦《なかむつ》まじい姿を公にするのは珍しいと言うのもあるけど。

全ての身支度を終え、全身鏡で自分の姿を確認する。

こんなに綺麗にしてもらったの、初めて。まるで私が私じゃないみたい。

そもそも、肌質も顔色も違う。仕事は変わらず忙しいけど、朝もゆっくり寝られて（家事しなくて良いから）、夜も早く寝られる（お義父様の書類チェックをしなくて良いから）から、肌がツルツルで、健康状態も良く顔色も明るい。ほんと、睡眠《すいみん》って大事。

ダサいドレスを着なくていいし、化粧だって髪だって丁寧にセットしてもらえる。

「お綺麗です、ルエル様」

「あ、ありがとう」

侍女達も私の出来に満足そう。うん、これなら、ルーフェス公爵夫人として少しは相応しくなれたかな。

「お待たせしました。ってラット、どうしたの？　その格好」

玄関ロビーにはすでにメトの姿があり、隣には何故か正装しているラットの姿もあった。

「お、ルエル、見違えたじゃん！　良い感じだな！」

普段の執事服とは違う、まるで今から私達と一緒にパーティに参加するかのような服装。

「こいつも今日はアルファイン侯爵令息として参加する」

そういえばラットは、かの有名な侯爵家のご令息でしたね。普段の態度からすっかり忘れてた。

「よろしくお願いします、アルファイン様」

「ラットで良いって。俺はアルファイン侯爵家の一員だけどルーフェス公爵家に仕えていて、ルエルはその女主人なんだからな」

「……分かりました」

でも公の場では口調は改めさせて頂こうかな。

「では行こうか。本命の仕事にね」

本命の仕事、それは即ち、契約結婚での役割。メトの妻として振る舞うこと。

そして私は、エレノアとカインに復讐をする。

夫婦のお披露目《ひろめ》を私と同じ日、場所に被せてくるなんて、なんて愚かなのかしら。

私がメソメソ泣いている姿を見たい？　惨めな姿を見たい？

でも残念ながら、私はそこまで弱くないの。

今まで逆らわなかった分、思いっきり逆らってあげる。覚悟していてね？

◇

ゼスティリア侯爵邸――一階パーティ会場。

「ようこそいらっしゃいました、ルーフェス様」

主催者《しゅさいしゃ》であるゼスティリア侯爵は丁寧にメトに頭を下げて挨拶を交わすと、次は私の方に向き直り、同じように丁寧に頭を下げた。

「初めましてルーフェス公爵夫人、お会いできて光栄です」

「こちらこそ会えて嬉しいです、ゼスティリア様」

ゼスティリア侯爵。皇帝陛下より帝都を守護する役割を与えられており、代々ルーフェス公爵家と付き合いがある名家。実家とも元義実家とも格が違う存在。

「それにしても残念です。ルーフェス様には是非、私の愛娘《まなむすめ》を嫁《とつ》がせたかったのですが」

うっ、早速、私より娘の方が相応しいアピールですか？

「残念だが、俺には他の者など目に入らないくらい愛しい妻がいる」

グイッと肩を引き寄せられたので、私もそれに合わせてメトの方に体を寄せ、頬を赤らめた。

と言いますか、純粋に自然に赤くなった。だって恥ずかしいんだもの！

チラリとメトを見ると何食わぬ顔をしていて、変にドギマギしているのは自分だけで、なんだか悔しい。

「分かっておりますよ。ルエル様はとても優秀で素晴らしい方だと、かねがね伺っておりますから。煩《わずら》わしい噂が流れて不快だとは思いますが、ルエル様がお気になさる必要はありません」

ハズレ嫁認定されたと思いましたが、どうやら違うみたい。ゼスティリア様は悪い噂もご存じの上で、私の良い評判を信じてくれているみたいですね。

「ゼスティリア様。今日、ここには妹夫妻も招待されていると聞きました。少し騒がしくなると思うのですが、ご了承頂けますか？」

「構わない。どうせ向こうが仕掛けてくる」

ゼスティリア様に尋ねたのに、なんでメトが答えるの？

「ふふ、ルーフェス様は本当にルエル様を溺愛されているようですね。構いませんよ、やられたら存分にやり返して下さい。それが我が家の信条です」

どんな信条だよとは思ったけど、そこはスルーしよう。戦いに従事《じゅうじ》する方々にはそんな信条があるのが普通なのかしら。

「それでは、引き続きパーティをお楽しみ下さい」

一礼し、その場を去るゼスティリア侯爵。

無事に挨拶が終わってホッとする。主催者《しゅさいしゃ》に認められて、少し肩の荷が降りた。

「ルエル、ゼスティリアと面識《めんしき》があるのか？」

安堵《あんど》していると、上から難しい表情を浮かべたメトが声を降らした。

ゼスティリア侯爵様と？

「いえ、仕事でも関わっていませんし、ゼスティリア様とは完全に初対面です」

「……ゼスティリアがあんなに簡単に他人を認めることは、中々ないんだがな」

「そうなんですか？」

特になんの苦労もなく、労わるような言葉までかけて下さいましたけど。

「ルーフェス公爵様！　ご結婚おめでとうございます！　是非、ご挨拶を——」

流石ルーフェス公爵様。次から次へとお近付きになりたい皆様方が列をなして挨拶に来る。

「……まぁいい。いいか？　きちんと妻としての役割を果たせ」

「勿論です」

小声で会話を済ませると、私達は並んで待つ貴族の皆様と挨拶を交わした。

「ルエルお姉様ぁ、お久しぶりです」

挨拶がやっと一段落ついた頃、待ってましたと言わんばかりにエレノアが私に声を掛けた。

隣には、エレノアの夫となったカインの姿。

エレノアの装いは、カインの瞳と色と同じ、緑のドレスに緑の宝石に靴。私と同じように、全身を夫の瞳の色で合わせてきた。

「随分待ちましたわ。ルエルお姉様、目が悪くなったんじゃない？　普通、可愛い妹がいたら誰よりも先に声を掛けるものじゃないかしら。やだ。もしかして、また私を虐めるんですか？　ひっどーい」

わざとらしく虐めの部分を強調して、大きな声で発言する。アホなのか？

「並んで下さってる方々を差し置いて貴女を優先する事は出来ません」

割り込み禁止。常識です。

「ルエルお姉様！　そんなふうにまた私を叱りつけるんですか⁉　酷いです！」

馬鹿なの？　大袈裟に声を出して、恥を晒してるだけだと気付いてる？

私は当たり前の事を言ってるだけで怒鳴りつけてもいないし、何一つ間違ってない。

私が妹を虐めてるとアピールしたかったのだろうけど、見てみなさい。騒ぎに気付いた他の参加者が、常識外れの貴女の発言にザワついてるじゃないですか。

家と違って、なんでも我儘《わがまま》が通じるワケじゃないんですよ。

「ストレスは妊婦《にんぷ》に良くないんですよ？　ああ、ルエルお姉様には分かりませんよね」

見せ付けるようにお腹を撫でるエレノア。お腹が目立たないドレスだが以前よりも膨らみがある。

「大丈夫、エレノア？　ルエル、いくら僕が好きで嫉妬《しっと》しているんだとしても、妹に酷い態度をとったら駄目だ」

ここにも馬鹿が一人。

誰が誰を好きで嫉妬《しっと》してるって？　私が貴方を？　ふざけるのも大概にして。

「お話になりませんね。それで？　何かご用ですか？　マルクス伯爵令息」

久しぶりに会うけど、こんなにも魅力がない人だったかしら？

あんなに好きだったのに、今は貴方の事が死ぬほど嫌い。

「いや……僕はただ、ルエルと話をしたくて……」

駄目だ、この人達。そこは嘘でもルーフェス公爵様にご挨拶をでしょう？

自分達の愚かさを理解せず、大勢の前で喧嘩《けんか》を吹っ掛けてくるなんて、本当救いようがないのね。

そっちがその気なら、売られた喧嘩《けんか》はしっかり買ってあげるわ。

「私は、私を裏切って不貞《ふてい》を働くような方々とお話しするつもりはありません」

ザワっと、辺りのざわめきが一段と大きくなった。

「嘘よ！　何を言ってるの！　私達はちゃんと離縁が成立してからお付き合いしたのよ！」

「そうなの？　貴女達に勝手に届を出されていたから、私はいつ離縁したのか知らないのよ」

「止めてよ！　なんでそんな事を言うの⁉」

取り乱して、馬鹿みたい。私は真実しか話してないのに。

なんで私が反論もせず、貴女達に都合の良い嘘の話に乗ってあげなくちゃいけないの？

姉は妹の嘘に付き合ってあげるものだとでも？　ほんと、馬鹿ね。

「エレノア、知らないの？　私達は今ね、社交界で噂の的なのよ？」

「噂？　噂って、それはルエルお姉様の酷い噂でしょう⁉」

「いいえ。私と、貴女の噂よ」

エレノアが流した嘘の話と、私が話した本当の話。

私は一切悪いことをしていないのに、一度話が広まればまるでそれが真実のように伝わる。私が否定しても、エレノアを信じてしまう人がいる。

でもね、エレノアの話を信じる人もいれば、私の話を信じる人もいる。

「どちらの言い分が正しいのか、今、私達は見極められている最中なのよ」

本当に馬鹿で愚かな人達。嘘をつくなら、もっと上手につかなきゃ。

「何やってるのよ！　早く私の噂を取り消しなさいよ！　お姉様の分際で私に逆らうなんて、許さないんだから！」

「取り消さないわ。だって、私の言い分が真実だもの」

貴女達が嘘をつけばつくほど、真実が明るみになった時、貴女達はダメージを受ける。

今は、エレノアせいで仕事に支障《ししょう》が出ているけど、私は何も怖くない。

だって、私は無実だもの。

「最後にどちらの話を皆さんが信じて下さるのか――楽しみね」

負ける気はしないけど。

「――ルエル」

「メ、メト？」

後ろからギュッとメトに抱き締められて、心臓が大きく揺れる。

きっと、耳まで真っ赤になっているであろう私の顔。そんな私にお構いなしに、メトは顔だけを動かして、周囲の人々に見せつけるように口付けをした。

「っ！」

周りからは悲鳴にも似た歓声が聞こえるけど、今の私はそれどころじゃない。

何？　なんでいきなり口付け？　仲良し円満アピール⁉

効果抜群だろうけど、やり過ぎでは⁉

「ご覧の通り、俺はルエルにご執心《しゅうしん》だ」

唇を離し、観客達に左手につけてある指輪を見せ付けるように手を誘導される。

淡い水色の宝石。それは、メトの瞳と同じ色。

「天使の宝石よ！」

「あれをルエル様に贈るなんて！　ルーフェス公爵は彼女に本気なんだな」

「……なんでルエルお姉様なんかが、その宝石を身につけてるのよ！」

指輪を見た観客達から知らない単語が聞こえる。

天使の宝石……この指輪についてる宝石の事？　高価な宝石だとは思っていたけど、エレノアの悔しそうな表情を見るによっぽど価値があるものなのね。

「君達がどちらの噂を信じるのかは知らないが、彼女はルーフェス公爵夫人だと忘れるな。危害を加える事は許さない」

メトは周りにいる貴族達に向かい、牽制《けんせい》するように冷たい声色で言い放った。

『俺は君の夫として、君を守る義務がある』

大丈夫だって言ったのに、あの言葉を守ろうとしてくれてる。

私達はただの契約結婚なのに——律儀《りちぎ》な人。

私達の関係は契約ありきのもの。仕事の一環としてメトが私を守るのは義務……そう、義務なの。メトは仕事に誠実な人だから、私を守ってくれているの。

ただそれだけ。勘違いしたら駄目よ、ルエル。

そう思っているのに、真っ赤に染まった頬は中々元には戻らなかった。

「ルエル……嘘だ……あれだけ僕の事が好きだったのに……なんで、他の男なんかを——」

一連の流れを見ていたカインは、呆然と言葉を吐き出したが、私が気付く事はなかった。

◇

「あっはっは！　色々やらかしたな！」

注目の的から逃れるためテラスに移動すると、後を追ってきたラットが大きな声で笑う。

騒がしくなると前もってゼスティリア様には許可をとっておいたけど、想像よりも遥《はる》かに騒がしくさせてしまった。

「ゼスティリア様に謝罪しなくては……」

「必要ない。ゼスティリアは温厚そうに見えて好戦的な人間だ。それにこれだけすれば、暫《しばら》くはいらん誘いが来なくなるだろう。よくやったルエル。褒めてやる」

「……お褒め頂き光栄です。特別手当でも頂ければ、もっと嬉しいんですけど」

虫除けとして存分に役に立ったのだから、特別手当を貰っても罰は当たらないはず！

少しでも借金返済の足しにしたい。案の定返事はないけど。

「そういえばこの宝石、天使の宝石っていうんですね」

指輪に付いている淡い水色の宝石の名前。メトの瞳と同じ、透き通った綺麗な水の色。これを見た時のエレノアの顔は見物《みもの》だった。

自分が最も欲する物を、私が身に付けているのが気に食わないといった、険しい顔。

「まさかルエル、天使の宝石を知らないのか？」

ラットは驚いたような表情で私を見た。

大切な商談相手だったルーフェス公爵家の事はあらかた調べたけど、ルーフェス公爵家の宝石については殆ど調べていない。

ルーフェス公爵家の宝石——それは、帝国での宝石関連の事業を、ほぼ全てルーフェス公爵家が担っているという意味。この事業だけでルーフェス公爵家は安泰《あんたい》だ。

鉱山や海には魔物が生息しているから、そんな中で宝石を採掘出来るのは、優れた武力を持ち得る者達だけ。そんなわけで、宝石関連の事業はルーフェス公爵家が独占している。

だから私は宝石関連の事業に手を出すつもりなどなく、詳しい情報も持っていないのだ。

アクセサリーの一つや二つでも持っていたら、少しは宝石に興味を持ったかもしれないけど、私が家族から与えられていたアクセサリーは全て偽物の宝石。だから、宝石についての知識が私には少ない。高価だなとかは、見たらなんとなくは分かるけど……

「貴族のご令嬢とは思えないな」

「知識不足で申し訳ありません。次回までには基本的な知識を必ず身につけて参ります」

「ルエルは真面目だなぁ」

ルーフェス公爵夫人として宝石に詳しくないのは、確かに相応しくない。反省しなきゃ。

それに、あのエレノアが知っているのに、私が知らないのも腹立つしね。

「天使の宝石は、我がルーフェス公爵家が誇る最上級の宝石だ。滅多に採掘されず希少価値が高い」

メトは、自身が身に付けているブローチに触れた。

指輪と同じ天使の宝石が使用されたブローチ。一目見た時から高そうだなーって思ってたけど、実際、物凄く貴重なものなんだ。

天使の宝石はルーフェス公爵家を表す宝石。だからメトは、困った時はこの指輪を見せろと言ったのね。この指輪を贈られることそのものが、メトからの寵愛《ちょうあい》の証。

「ちなみに、天使の宝石を指輪にしたのはこれが初めてだ」

——え？　それってつまり、この指輪は一点物ってこと？　そんな高価な指輪を、私に？

「最上級の宝石というと……その、お値段は……」

「聞かない方がいいぜ、ルエル。卒倒《そっとう》するから」

恐る恐る尋ねるも、横にいるラットから値段を聞くのを止められる。

まさか、そんなに高価な指輪だったなんて！　それが私の借金に⁉　もう一生返せなくない⁉

メトを見ると、なんとも悪そうな笑みを浮かべながら、私を見つめ返した。

「俺は有能な人材をみすみす手放す真似はしない。これでルエルは俺の傍で一生働くしかないな」

この野郎――っと、失礼。まさかそのために私の借金の額を膨れ上がらせているんですか？

最低だけど、流石、目的のためなら手段を選ばないと有名なルーフェス公爵様！

「……いいえ、私は諦めません。いつか必ず返済してみせます」

「――へぇ、そう。そんなに俺から離れたいのか？」

借金を返すって言っているだけなのになんですか、その不機嫌そうな顔は？　意味が分かりませんし、怖いんですけど！

「ずっと結婚生活を続けていくんですから、いつか返せる日が来るかもしれないじゃないですか」

たとえ途方もない金額だとしても、一生懸命働いていれば、いつかは返済出来る――はず。借りたお金はきちんとお返ししないと。

「私は貴方から離れません。メトが私を必要とする限り、私は貴方の妻として、ルーフェス公爵夫人を務めあげてみせます」

私からメトとの離縁を切り出すつもりはない。

貴方が私を必要としてくれるなら……私はずっと、貴方の妻でいる。

「……そう」

納得してくれたみたいで良かった。今度は機嫌悪くないみたい。寧《むし》ろ、機嫌が良さそうに見える。

「――失礼します、ルーフェス様」

私達が避難していたテラスに現れたのは、執事の格好をした初老《しょろう》の男性。彼は姿を見せると、そのまま私達に向かって丁寧に頭を下げた。

「お、ワークスじゃん。久しぶり！」

メトもラットも執事の方をご存じのようで、彼の呼び掛けに答えた。お二人の知り合いという事は、ゼスティリア様の執事かしら。

「ゼスティリア様が、ファンファンクラン領について御二方に至急、ご相談があるそうです」

ファンファンクランの名称に、ピクッとメトが反応する。

ファンファンクラン領。最近、魔物の被害が多発し、ルーフェス公爵家に救援を要請《ようせい》した地域。

領主であるファンファンクラン子爵はルーフェス公爵家と折り合いが悪く、今まで救援要請《きゅうえんようせい》を出し渋っていたから、被害が拡大したとかなんとか——今朝の新聞で読んだ。

「あそこの問題にはアルファイン家を向かわせたはずだが？」

「そのアルファイン様より言伝《ことづて》があるそうです。詳しくはゼスティリア様から直接お話いたします」

アルファイン侯爵家はラットのご実家ですね。

「分かった。ルエル、暫《しばら》く離れる」

「分かりました。お仕事頑張って下さい」

魔物退治は火急の仕事ですものね。

迅速《じんそく》に行動しなければ、沢山の被害が出てしまいます。

◆

ワークスの案内でゼスティリア侯爵のもとに向かう途中、ラットは呆れたようにメトに声を掛けた。

「メトって本当に面倒臭いよな」

「は？」

ラットは後ろを振り向き、ルエルがいる方向を見ながら言葉を続ける。

「好きかどうかは置いといても、ルエルのこと気にいってるんだろ？　そんな根回しなんかしないで、ずっと一緒にいて欲しいなら普通に言えばいいのに。大体、ルエルから離縁切り出されても、メトが離縁しないって言えばそれで済むんじゃないのか？」

契約書には双方の同意のない離縁は認めないと記載されている。

ラットの言う通り、ルエルが離縁を切り出しても、メトが同意しなければ出来ない。が――

「借金があれば、そもそも向こうから離縁を切り出せなくなる。真面目で律儀《りちぎ》なルエルなら、たとえ俺から逃げ出したくなっても、借金返済が終わるまでは離縁したいと言い出さないだろう」

「……いや、怖えよ」

幼馴染であるメトの発言に、ラットは率直に感想を述べた。

◆

ポツンと一人取り残されたテラスで、これからどう過ごそうかと思案する。

挨拶回りはメトと終わらせたし、気楽に話せる友人でもいたらその方と過ごすんだけど、私には誰もいない。

——本当は、私にも一人だけ友人がいた。エレノアの干渉《かんしょう》が嫌で、一人、壁の隅で過ごしていた私に優しく声を掛けてきてくれた友人。

「……ベール様」

メトにゼスティリア様との関係を聞かれ、面識《めんしき》はないと答えたけど、私はゼスティリア様のご令嬢とは面識《めんしき》があった。

ベール＝ゼスティリア。

ゼスティリア様の愛娘《まなむすめ》で、私の、たった一人の友人だった人。

名家であるゼスティリア侯爵家のご令嬢と親しくなった私を妬《ねた》んだエレノアが、ある事ない事をお母様に吹き込んで、お母様は私に友人を妹に譲れなんて馬鹿みたいな事をおっしゃった。

でもあの時の私は、他に逃げる場所も助けてくれる人も力もなくて、お母様に逆らえなかった。

「ベール様、怒っていらっしゃいますよね」

私はベール様に妹を紹介し、そのまま彼女との交流を止めた。今日のパーティで久しぶりにベール様を見掛けたけど、相変わらず美しい方で、エレノアと仲良さげに話している姿を見た。

「……本当、大っ嫌い！」

私から奪った友人と仲良さそうに話すエレノアが、死ぬほど憎らしい。

「――ルエルお姉様っ！」

ああ。丁度、貴女の事を考えていた時にタイミング良く私の前に現れるなんて、なんて空気の読める妹なのかしら。

「あら、エレノア。何か用？」

憂さ晴らしに、しっかりと相手をしてあげなきゃね。

「何か用じゃないわよ！　あんな噂なんて流して！　おかげで私達まで変な目で見られるようになってるのよ⁉」

エレノアの隣には顔色の悪いカインの姿もあった。

自分達が悪く言われるなんて、思ってもいなかったのでしょうね。

「あんな噂って、私は真実しか話していないわ」

「ふざけないで！　私が話す内容こそが真実になるのよ！　姉でしょう⁉　可愛い妹の言う事には従うべきじゃない！　お母様にもそう言われてたでしょう⁉」

そうね。そんな理不尽な仕打ちを、私はあの家にいる間ずっと耐え忍んだ。

「どうして私が、お母様の言いつけを守らないといけないの？」

「はぁ⁉」

「私はもうクリプト伯爵家を出たのよ？　昔のように貴女やお母様の顔色をうかがう必要なんてないの。私はルーフェス公爵夫人なのよ。この意味が分かる？　マルクス夫人」

最強で天才な私の再婚相手であるルーフェス公爵様は、皇帝陛下からの信頼もあつい実力者で、帝国一のお金持ちで権力者……本当に最強で天才。まさに無敵のカード！

そんな彼の妻である私が、クリプト伯爵夫人やマルクス伯爵の令息夫人程度の顔色をうかがう必要はない。

「ちょっと優しくされたからって、いい気にならない方が良いよ、ルエルお姉様。あのね、ルーフェス様はね、お姉様なんてとっくに見限ってるの！　図々しくも瞳と同じ色のドレスなんて着ちゃって、ルエルお姉様ったら勘違いして恥ずかしいわ」

——はい？

「このドレスは彼からの贈り物よ」

「嘘ばっかり！　どうせルエルお姉様がご自身で揃えたんでしょう？」

パーティでの私とメトのやり取りを見ていなかったのかしら？

やり過ぎなくらい、嫁《わたし》大好きアピールをしていたと思うのですけど……都合の悪い事は忘れる、ご都合主義の貴女らしくて呆れる。

「その指輪だって、ルエルお姉様には不釣り合《ふつあ》いよ？　天使の宝石は、可愛い私がつけてこそ価値があるんだから」

「……不釣り合《ふつあ》い、ね」

自信満々に自身の容姿を語るエレノアは、確かに姉の私から見てもとても可愛い顔をしていると思う。『お姉様には似合わない。私の方が可愛いから似合う！』って、何度言われたかしら？

「私は、ルエルお姉様が恥をかかないために言ってるんだよ。ね？　ルエルお姉様なら分かってくれるよね？」

指輪を渡せと言わんばかりに、手を差し伸べるエレノア。

こうやって何度も何度も、私から全てを奪っていった妹。

今だって、私から全て奪えると信じて疑わない。

「この指輪はメトから頂いた大切な物よ。絶対に渡さない」

不機嫌そうな顔。私が逆らうのが気に入らない？

「酷いわ。私はルエルお姉様のために言ってるのに！　天使の宝石なんて高価なもの、ルエルお姉様がつけてたら、分不相応過ぎて周りから笑われちゃうの！　だから、私が貰ってあげるって言ってるのよ！」

「痛っ……」

私の腕を掴み、強引に指輪に手を伸ばすエレノア。

欲しい物を我慢出来ない、我儘《わがまま》な子供。

ドレス、アクセサリー、友人、夫——私は全てを奪われた——でも残念。

もう二度と、私は奪われたりしない。

「ねぇ、エレノア。今この指輪を貴女が盗んだら、他の方はどう思うかしら？」

「何言って……私は盗んでなんかいない！　私はただ、ルエルお姉様には不釣《ふつ》り合《あ》いだから、貰ってあげるだけよ！」

「私は渡さないと言ったわ」

本当に頭の悪い子ね。そんな言い分が通るはずがないのに。

「私はこう叫ぶわ。『妹が指輪を盗んだ！』とね。ああ、貴女を真似て泣いてみようかな？　可哀想に思って、皆が優しく声を掛けてくれるかもしれないわ」

たとえエレノアが理屈を並べても、さっきのメトと私のやり取りをご覧になっていた方は、私の言い分を信じてくれるでしょう。エレノアが私から指輪を盗った、とね。

「エレノアが泥棒《どろぼう》だと知らされれば、貴女が流した私の悪評も全部嘘で、私の話が真実だと分かってもらえるよね」

さぁ、どうする？　それでも貴女は私から指輪を奪う？

それでもいいわ。貴女の嘘を暴いた後で絶対に返してもらうから。

これは天使の宝石で作られた唯一無二の指輪。

そして、その持ち主が私であると、メトによって大々的に公言された。

エレノアは、この指輪だけは絶対に自分の物には出来ない。

「何……何よ！　ルエルお姉様の分際で絶対に許さないんだから！　お母様に言い付けてやる！」

呆れた、まだ言ってる。

「好きにすれば？　そのかわり、私はクリプト伯爵にお手紙を書くわ」

「は？　お父様に？」

「ええ。貴方の妻と娘は、ルーフェス公爵夫人になった私に対して無礼《ぶれい》を働いたとね」

お母様は無条件に妹の味方だけど、お父様は違う。私にも妹にも興味がない。

興味があるのは、クリプト伯爵当主としての立場だけ。

「お父様は怒るでしょうね。だって、あのルーフェス公爵家を敵に回す行為だもの」

ルーフェス公爵家に目を付けられて喜ぶ貴族はいない。

「つぅ！　ルエルお姉様の意地悪！　最っっ低！」

まるで意地悪な姉に虐められた悲劇のヒロインのように目に涙をいっぱい溜めて、どこかへ走り出すエレノア。憂さ晴らしのつもりで相手したけど、思った以上に悔しがる顔が見れて満足です。

「……ルエル」

ああ、そういえば、貴方もエレノアと一緒にいましたね。

「何かご用ですか？　マルクス伯爵令息」

あれだけ言い合っていたにもかかわらず、止めもせず空気のようだったから存在を忘れていた。

「駄目だよ、可愛い妹にあんな意地悪しちゃあ。ルエルらしくない」

――は？

「私らしくない？」

「うん。ルエルは本当はすっごい優しい子なんだって、僕はちゃんと分かっているから安心して。今は僕を失った悲しみで、辛く当たってるだけなんだよな？　大丈夫。僕は誰よりもルエルを理解してるよ。でも、あんな噂を流すのは酷いよ。僕まで周りから冷めたい目で見られるようになったんだから」

カインは人をイラつかせる天才ね。

貴方が誰よりも私を理解してる？　笑わせないで。

「真実でしょう？　貴方こそ、根も葉もない噂を流すなんて最低よ」

「あれは、エレノアや母様が噂を流した方が良いって言ったから。でも、ルエルなら分かってくれるだろ！　僕達のために、きっと噂を受け入れてくれるって信じていたんだ！」

カインは私を全く理解していない。

貴方は、私の心の中にある、この溢れ出る憎悪《ぞうお》を理解していない。

貴方達が不幸せであればある程、私は幸せになれるの。

そんな私が、貴方達のためなんかに、あんな不名誉な噂を受け入れると思う？

「……おめでたい頭ね。私は真実を話しているだけ。それで貴方達が周りから冷ややかな目で見られるのなら、それは貴方達の行いが軽蔑《けいべつ》されるものだったからよ」

「どうしてそんな酷い事を言うんだ⁉　僕はルエルが好きだった。好きだったけど、泣く泣く別れたんだ！　元々はルエルの所為《せい》なのに、なんで僕が冷たい目で見られなくちゃいけない⁉　新しい結婚相手だって用意しただろう？　好きな女性を他の男にやると決心した気持ちが、ルエルには分からないのか⁉」

他に結婚相手を用意して欲しいなんて頼んでもないのに、それが貴方の愛情？

性懲りもなく私を責めるのが、貴方の愛情？

「全く分かりません」

「ルエル。僕が好きなら、分かるはずだ」

この期に及んで、まだ私が貴方を好きだと？　本当、頭の中がお花畑とはこのことね。

「ああ、そうだ。一つだけい礼を言っておきますね」

「御礼？　なんだ？　やっぱり、僕が好きで――」

「私の目を覚ましてくれてありがとう。私、貴方と離縁出来て幸せよ。貴方の子供なんて産まなくて良かった。おかげさまで、素敵な旦那様と出会えました」

目を覚まして気付いたの。あのままいても、私はきっと不幸だった。

搾取《さくしゅ》されるだけ搾取《さくしゅ》されてズタボロになったら、どちみち捨てられていた。

最上級の笑顔で心からの言葉を伝えると、カインの顔色は真っ青になった。

私がまだ貴方を好きだと疑ってもないなんて、おかしな自信。

あんな酷い裏切りをしておいて、なんでまだ好かれていると思うのかしら？

「もう私に話しかけてこないで下さいね、マルクス伯爵令息。妹と産まれてくる子供と、どうぞお幸せに」

幸せになれるものならね。

それだけ言い残して、私はテラスを後にした。

◇

……言いたい放題言ってしまった。

感情に任せて、思いっきり憂さ晴らししてしまった。

あの人達を前にすると、負の感情が溢れて冷静でいられなくなる。

仕事では冷静な対応が求められるのに――これじゃあ失格だ。

一人反省会をしながらフロアに戻ると、私は給仕係に冷たい飲み物をお願いした。

感情的になり過ぎて喉がカラカラ。受け取ったグラスを一気に飲み干すと、幾分か気分もスッキリした。

まだメトもラットも戻ってきていない。

メトがあんなに牽制《けんせい》してくれたのにあの二人には全く効果がなくて、あんな頭の悪い方々が私の妹と元夫だと思うと、なんだか私が申し訳ない気持ちになる。

「はぁ」

「ため息ですか？　ルーフェス公爵夫人」

急に声を掛けられて、ビクッと反応する。

「ベール様！」

振り向いた先には、今日のパーティの主催者《しゅさいしゃ》であるゼスティリア侯爵様のご令嬢であり、私のたった一人の友人だったベール様の姿があった。

「お久しぶりですわ、ルエル様」

「……お久し……ぶりです」

昔と同じように声を掛けてきてくれて、嬉しい気持ちよりも戸惑いが勝った。

どうして？　私が話さなくなってから、ベール様も話し掛けてこなくなったのに。

「ルエル様の噂はずっと聞いておりました。お仕事でとても成果を出しておられて、本当に凄いなといつも感心していましたの。お父様にも、常々言い聞かせていましたのよ」

「あ、ありがとうございます」

もしかして、ゼスティリア様の評価が高かったのは、ベール様の口添えがあったから？

ベール様は、妹の――エレノアの友人になったはずなのに。エレノアの友人なら、エレノアの方を信じるものじゃないの？

「どうかされましたか？　ルエル様」

「……ベール様は、私を信じて下さるのですか？」

キョトンとした表情を浮かべるベール様。

そのまま二、三度瞬きした後、あっさりと答えた。

「噂の事ですわよね？　はい、勿論です」

「ど、どうして？　ベール様は妹の友人ですよね？　それなら、友人の話を信じるものではないですか？」

「私はエレノア様と友人ではありませんけど」

「そうなんですか……って、友人じゃないのですか⁉　どうして……⁉」

私は、ベール様にエレノアを紹介して身を引いた。その後、エレノアからベール様と友人になったと伝えられたし、今日だってエレノアと仲良く話をしていたのに！

「どうしてと言われましても。私が彼女とこれっぽっちも仲良くする気がなかったからですわ」

満面の笑みで拒絶！

「お会いしたら挨拶くらいはしますけど、それだけです。私が仲良くなりたかったのは、ルエル様ですから」

「私……ですか？」

「ええ。博識《はくしき》で優しくて、一緒にいて楽しいと思える方と仲良くなりたいのは当然のことですもの」

「――っ」

嬉しい。あの時の私をそんな風に評価して下さっていたなんて……それなのに私は、ベール様にエレノアを紹介して、何も言わずに距離を置いてしまった。

「……申し訳ありません、ベール様。昔、一人ぼっちだった私に声を掛けて、友達になって下さった事、本当に嬉しかったんです……でも私――」

今更遅いかもしれないけど、きちんと謝りたい。信じてくれないかもしれないけど、黙っている必要もなくなったし本当の事を話そう。

そう思い言葉を続けようとすると、ベール様はまたあっさりと言葉を発した。

「酷い扱いを受けていたのでしょう？　ゼスティリア侯爵令嬢である私と友人になったルエル様を妬《ねた》んで、譲れとでも言い付けられた。違いますか？」

的確！　全てあっています。

でも、何故分かるんですか⁉　ベール様は心でも読めるの？

「それくらい分かりますわ。一部の方々はエレノア様の仰る事を鵜呑《うの》みにされていましたが、あの頃からエレノア様が嘘をついているのは明白ですもの」

まだ幼い頃――ベールは泣いているエレノアから、姉に虐められている話をされた。

『私が可愛いから、嫉妬《しっと》した姉が虐めてくる。汚い言葉で罵《ののし》り、私のモノを奪って酷い時には暴力も振るう』と。

『ベール様と仲良くなりたいってルエルお姉様に話したら、ルエルお姉様……私よりも先にベール様と仲良くなって、私に見せ付けてきたんです』

『……そうなんですの』

そう言って泣くエレノアのドレスやアクセサリーはいつ見ても新品で、対して、ルエルのドレスやアクセサリーは、どれも使い古されたものだった。

「虐められていると言っている方が、虐めている方より華美《かび》な装いをされているんですもの。ちゃんちゃらおかしいですわ」

あの子、昔から嘘をつくのが下手なのね。

「ただ、あのまま私がルエル様と仲良くしてしまうと、ルエル様にもっと酷い態度をとるのではないかと思い、話し掛けるのを止めたんです」

「ベール様……」

私のことを思ってくれていたんですね。

「でも、メト様のもとに嫁いだのでしたら、もう大丈夫ですわ。メト様なら、きっとルエル様をお守りしてくれますもの。だから、ルエル様、また私と友人になってくれませんか？」

一人ぼっちだった私に、優しく声を掛けて友人になってくれたベール様。

エレノアに奪われて、本当はずっと悔しくて悲しかった。

私も、またベール様と友人になりたいとずっと思っていた。

「勿論です、ベール様。また、私と仲良くお喋りして下さい」

私達は顔を見合わせて笑い合うと、今までの分を補うように、仲良くお喋りに花を咲かせた。

「あれ、ベールじゃん。久しぶり」

暫《しばら》くベール様と二人で話していると、ゼスティリア様との話が終わったのか、ラットが一人で戻ってきた。

「お久しぶりです、ラット。相変わらず能天気そうですわね」

「ひっでーな」

そっか、ゼスティリア侯爵家とアルファイン侯爵家は、ルーフェス公爵家の関係もあって近しい貴族だものね。一人納得していると、私とベール様の顔を交互に見るラット。

「ベールとルエルって知り合いだったのか？」

「つい先程、無事にお友達に戻りましたわ」

「意味わかんねー、でも良かったな！」

なんの説明もなしに結論だけ聞いたらそうなりますよね。でも嬉しいわ。

「お父様との話は終わったのですか？」

「ああ、メトはまだもう少し話してるけど、『長い間ルエルを一人にするのは心配だから、お前は先に戻ってルエルの傍にいろ』って言われてさ」

「まぁ、愛されていますわね、ルエル様」

そんなキラキラした眼差しを向けないで下さいベール様！　違うんです！　契約結婚なんです！

そこに愛はないんです！

「愛だな！　愛！」

いや、ラットは事情を全てご存じですよね？　なんでそんな反応するの？

「まーでも考え過ぎだよな。あんだけメトが牽制《けんせい》したんだし、わざわざルーフェス公爵家に喧嘩《けんか》を売るような馬鹿なんていないって」

ラットの言葉にベール様も頷いて同意しましたけど、いるんですよ、喧嘩《けんか》を売る馬鹿が。面と向かって指輪を盗もうとする馬鹿な妹と、それを止めもしない馬鹿な元夫が。

「――あの、私、マルクス伯爵の令息夫妻に、既に喧嘩《けんか》を売られてしまいました。それにあの人達。まったく懲りてないみたいです」

勿論、即、告げ口しますよ。

昔と違って黙っておく必要がなくなりましたからね。

◆

ゼスティリア邸――廊下。

メトは、ゼスティリア侯爵との話を終え足早に歩いていた。

思っていたよりも時間が掛かった。先にラットを戻らせたが、最初からルエルの傍に置いておくべきだったかもしれないと後悔した。

（いや……仕事の話だ。ラットの同行も求められたのだから、連れて行くのは当然だ）

あれだけ大っぴらに寵愛《ちょうあい》を見せつけたのだ。エレノアの話を信じる輩《やから》がいても、ルーフェス公爵家に喧嘩《けんか》を売ってまで、ルエルに直接危害を加える真似はしない――はずだ。

普通の思考回路の持ち主なら。

「見付けました！　ルーフェス様！」

そう、普通の思考回路の持ち主なら、ルーフェス公爵夫人のありもしない悪評をばら蒔《ま》くなんて有り得ない。それをするのは、愚かで馬鹿な奴のみ――ルエルと血の繋がりがあるとは思えないほど愚かな妹、エレノア《義妹》もその一人だ。

「……何か？」

冷たく睨み付けると、エレノアは一瞬体を揺らしたが、すぐに目に涙を浮かべ上目遣いで視線を向けてくる。気持ち悪い。

「ルーフェス様ぁ。姉が、私を虐めたんです」

「だから？　妻がお前を虐めようと関係ない。好きにすればいい」

自分でも驚くくらい、この義妹が嫌いだ。

平気な顔で嘘を吐き、ルエルを陥れた義妹。

それだけでなく、ルエルを蔑ろにしてきた家族も元夫も、その義家族も全てが気に食わない。

感情が零れ出たのだろう。俺の反応は義妹の望むものではないようで、戸惑っているのが見て取れる。

まさか、お前程度の化けの面が通じるとでも？

優しい言葉を掛け、ルエルを糾弾《きゅうだん》するとでも？

「ル、ルエルお姉様は、男遊びが激しくて――」

「妻を貶《おとし》める発言は止めて頂こう。そもそも、事実無根だ」

最初の商談の際、ルエルも俺の事を調べたようだが、俺も彼女の事を調べていた。

その結果、彼女にそんな事実はないし、何より口付けを交わした時の反応から見るに、経験が豊富だとは思えない。

「そんなっ！　ルーフェス様なら、ルエルお姉様の本性に気付いているはずです！　だから噂を消さずにいたのでしょう？　お姉様は最低で嘘つきで――」

「――それ以上ルエルを侮辱《ぶじょく》するな」

「ひっ！」

威嚇《いかく》するためにわざと魔法を使う。

無駄にお喋りな口を搔っ切ってやりたいが、攻撃をするつもりはない。

彼女にそんな価値はないし、話を続けるのが苦痛だ。……ルエルと違って。

「……君とルエルは全く似ていないな」

「ルーフェス様、そうなんです！　私は姉とは違って可愛いんです！　だから私を守るのが正解でしょう？」

姉より可愛いのだから、自分を助けるのが当然だと？　ルエルより自分の方が相応しいと？

吐き気がする。

まだほんの少ししか結婚生活を送っていないが、ルエルは心優しく、どんなことにもひたむきに努力をする人間だと知っている。

初めて会った時の、伯爵夫人にも関わらず荒れた手。廃業寸前の事業の成功は、どんなことも懸命に努力してきた証。

その全てがあの愚かな男のためだと思うと、何故だか胸がムカムカする。

「聡明《そうめい》で優秀、努力家の優しい彼女と違って、君は姉を見下して優越感《ゆうえつかん》を得るようなくだらない人間だ。女としてだけでなく、人としてなんの魅力も感じはしない」

ルエルは俺の過去の話に胸を痛めるような心の優しい女性だ。

俺の妻になってからは、今度は俺のために、良き妻であろうとひたむきに努力している。ルエルを傷付けるのは許さない。

そう思うくらいには、彼女を気に入っている。

「え、私？　私が、お姉様より劣ってる？」

散々見下して来た姉よりも下だと言われたのが信じられないのか、俺の言葉を受け入れられないようだ。傷付くなら傷付くで勝手にすればいい。それは、君を選んだ夫に慰めてもらえ。

俺が守るべき相手は、俺の妻であるルエルだけ。

「今後、馴れ馴れしく俺に話し掛けるな」

最後にそれだけ言って、その場を去った。

◆

ゼスティリア侯爵邸からの帰路《きろ》。

行きはラットも同乗していたが、帰りは何故か『俺、空気読めるからな！』と言って別の馬車に乗り込んだ。

いや、何度も言いますけど、ラットは私達の関係を知ってるよね？

「取り敢えずはベールに任せておけば問題ない。彼女も徹底的に追い詰める人種だ。近い内にマルクス伯爵家とクリプト伯爵家の両家から謝罪が届くはずだ」

馬車の中、メトはエレノア達への対応について話した。

そう、メトが戻ってきてから、改めてマルクス伯爵令息夫妻に指輪を強奪《ごうだつ》されそうになった話をしたところ、ベール様がゼスティリア侯爵家として抗議してくれる事になったのだ。

ゼスティリア侯爵家が開いたパーティの場で盗みを働こうとするなんて許せないというごもっともな意見に、私達三人は同意し、彼女に任せることにした。

「はい、とても楽しみですね」

「……嬉しそうだな」

気付かれましたか？　そう、とっても嬉しい。

鬱陶《うっとう》しい事も多かったけど、終わってみれば私にとって良い結果しかない。

指輪を盗もうとしたなんて、伯爵家の面汚しもよいとこ。きっとエレノアは否定するでしょうけど、問題は、ゼスティリア侯爵家は、エレノアよりも私の言い分を信じた事実にある。

ゼスティリア侯爵家より抗議文が届いた事実にある。特にエレノアは、ベール様から抗議文が届けば、とてもショックを受けるはず。

それに二人が友人でなかったと私が知った事にも気づくだろう。

「エレノアは私がベール様と友人に戻ったと気付くはずです。ベール様と友人だと、つまらない見栄を張っていたのも私にバレたんですよ？　こんなに滑稽《こっけい》なことがありますか？」

見下し続けた姉に見栄を暴かれ、友人を取り戻され、指輪も手に入れられず、謝罪しなければならない。あの傲慢《ごうまん》で我儘《わがまま》な妹にとっては、とてつもなく屈辱的《くつじょくてき》でしょう。

「直接悔しがる顔を見られないのが、少し残念です」

エレノアが私の悲しむ顔を見るのが好きなように、私も、私に負けて悔しそうに顔を歪める妹の表情が好き。このまま、私が味わった苦しみの果てまで、どん底まで落ちて欲しい。

「ごめんなさい。おかしいですよね、私。こんなに憎悪《ぞうお》に飲まれて、心からあの人達の不幸を望んでいます」

でも、止まらないの。

あの時味わった苦しみを、今まで積み上げられてきた苦しみを、全て返さないと気がすまない！

「構わない。やられたら徹底的にやり返せ——それでこそ、ルーフェス公爵夫人に相応しい」

ルーフェス公爵家の信条は、やられたらやり返す。

そっか、そうね。

今の私にルーフェス公爵家の信条はピッタリなんだ。

「ふふ、そうですね。ルーフェス公爵夫人として、きちんとやり遂げてみせます」

私がそう言うと、メトは小さく微笑み返した。

絶対に許さない。

またまだこんなものでは終わらせないから、楽しみにしていてね。

第四章　元お義母様のお茶会

ゼスティリア侯爵家でのパーティから数日後。

動きが早かったのはクリプト伯爵だった。ゼスティリア侯爵家から抗議文が届くや否や、すぐにルーフェス公爵家に謝罪に訪れ、慰謝料《いしゃりょう》という形で幾分かの金銭を置いていった。

『嫁いだ身とはいえ、愚娘が申し訳ありませんでした。ルーフェス公爵様、ルーフェス公爵夫人』

私自身にも丁寧に頭を下げるお父様。

『娘には無関心で愚かな父親だが、クリプト伯爵は仕事では優秀な男だ。領地も安定している』

お父様が帰った後、メトはそう評価した。

お父様は私に頭を下げる事に微塵《みじん》も抵抗がなかった。謝罪でルーフェス公爵家を敵に回さずに済むなら、幾らでも頭を下げるだろう。典型的な、家庭を顧みない仕事優先の父親。

エレノアは勿論、指輪なんて盗もうとしていないと否定しただろうが、お父様にとってはどちらでも良いはず。

重要なのは、ゼスティリア侯爵とルーフェス公爵が、私を支持したこと。

対して、マルクス伯爵家の動きは遅かった。なんのアクションも起こさず、怒り狂ったゼスティリア侯爵が再度、抗議文を送り付け、やっと紙切れ一枚を送ってきた。

『ごめんなさい』

たった一言だけ書かれた文。

メトもラットも、あまりの愚かな対応に言葉を失くしていたが、私は満足した。

馬鹿な元義実家。こんな対応をしたら自分達の首を絞めるだけなのに、本当に愚かなのね。

次から次へと墓穴《ぼけつ》を掘ってくれるのだから助かる。それに、私に謝罪をするのは、たとえ一言だとしても、エレノアにはとても屈辱的《くつじょくてき》だったはず。いい気味。

「生憎《あいにく》の雨ね」

私は、部屋の窓から降り頻る雨を眺めた。

今日は仕事はお休み。優秀な部下がいるのはいいわね。安心して仕事を任せられるもの。

メトに交渉し許可を頂いたので私が育てた優秀な人材もこちらに引き抜いた。

正確には、私がいなくなって好き勝手する無能なお義父様の部下達に嫌気がさして退職していた所に声を掛けたんだけど、無事に引き取れて良かった。

かと言って、私の性格上、全く仕事をしないのは難しく、結局家で出来そうな仕事を持って帰ってきてしまった。

「予算どうしようかな」

仕事の書類を見ながら、眉間《みけん》に皺を寄せる。

「ルエル、ちょっと部屋に入っていいか？」

トントンとノックの音が聞こえ、聞き慣れたラットの声も聞こえた。

「どうぞ」

「うげっ。折角の休みなのに、仕事してんのかよ。好きだねー」

部屋に散らばっている書類を見て露骨《ろこつ》に嫌そうな表情を浮かべるラット。

そうね。確かにラットは、お休みの日は執事服を脱ぎ捨てて、アルファイン侯爵令息としてメトに絡んだり（普段もだけど）、釣りに行ったり、山に登ったり……謳歌《おうか》してるものね。

「これでも息抜きしてるのよ。昔は休みなんてなかったし、家にいるより会社にいた方が嫌味を言われなくて済むから、楽だったし――」

「分かった。俺が悪かったから、これ以上辛い話を聞かせないでくれ」

耳を塞ぐラット。おかしいわね。まだまだマシなエピソードなのだけど。美味しくないと食事を顔面に投げ付けられた話よりマシでしょう？

「その話の後になんだけど、マルクス伯爵夫人から招待状が届いてるぜ」

「――招待状？」

思わず聞き返してしまう。

招待状？　お茶会の？

ラットが手に持っていた便箋《びんせん》を受け取ると、確かに差出人名はマルクス伯爵夫人で、招待状と記載されてる。

「なんのつもりで？」

「俺が分かるわけねーじゃん」

ごもっとも。三年間、元義実家で過ごした元嫁としても、全く理解出来ない。

確かに、元お義母様は頻回にお茶会を開いていたけど、今さらどうして私をお茶会に誘う？　離縁した元嫁を？　そちらの息子の不貞《ふてい》で別れた嫁を？　頭大丈夫か？

しかも、前回のゼスティリア邸でのパーティで、そちらの新たな嫁が散々私に無礼《ぶれい》な態度をとっておいて？

紙切れ一枚の一言で謝罪を終わらせておいて？

面の皮厚すぎません？

「俺さ、こんなに理解不能な奴等と関わるの初めてでさ。マジで何考えてんのか分かんなくて怖いんだけど」

同感よ、本当に何考えてるのかしら。

乱暴に封を開け中身を確認すると、確かに招待状——って、何これ。

「あはは」

「ルエル？」

思わず笑ってしまうと、ラットが不思議そうにこちらを見た。

「ごめっ。面白過ぎて！　あはは！」

中身は確かにお茶会の招待状だった。でもその内容は、見るに堪えないくらい酷いものだった。

「本当に、自分達で墓穴《ぼけつ》を掘ってくれるから助かるわ」

そう言って私はラットにも、あまりもおかしく笑ってしまう招待状を見せた。

『ルエルさん。

一週間後、午後一時よりマルクス伯爵家にてお茶会を開きます。

ゼスティリア侯爵令嬢も来るので、貴女がきちんと前開（前回）のパーティでの語解（誤解）を解きなさい。そして、カインは悪くない、自分が現因（原因）の離縁だったとハッキリと伝えなさい。可哀想に。カインはあれからショックでいつもより食事が摂れなくなっているのよ。

子供が出来ないハズレ嫁の貴女を三年も養ってあげたんだから、少しは恩を返しなさい』

「……うーわー……」

招待状の中身を見たラットは、有り得ない内容にドン引きしていたけど、私は手紙そのものに笑ってしまった。

私達の帝国では、招待状は必ず最低でも開催日の一カ月前には送る。

簡単な挨拶から始まり、場所、日時、出席の有無の返信へのお願いを、一枚一枚、手書きでしたためる。これは相手に対する礼儀《れいぎ》であり基本。

それが、まるで参加するのが当然のような文章に、開催日は一週間後。

更には誤字満載《まんさい》。お世辞にも綺麗とは言えない字。

こんな粗末《そまつ》な招待状を送ってくるなんて、わざわざ自分が伯爵夫人として無能だと知らしめているようなもの。

「いや、なんかツッコミどころ満載《まんさい》過ぎて……てか、なんだ？　マルクス伯爵夫人は、貴族の中でもお茶会をよく開いてるって聞いてたけど、こんな失礼な招待状を送ってるなんて聞いたことないのに」

「そうでしょうね。だって、今までマルクス伯爵夫人にかわって招待状を用意していたのは私だもの」

「……マジか」

元お義母様は、全ての準備を私にさせて、あたかも自分が全てを用意したかのように振舞っていただけ。でもまさか、こんなにお粗末《そまつ》な文章しか書けないなんて、想像以上に酷くて笑える。

「ベール様はお茶会に参加されるのかしら？」

ゼスティリア侯爵令嬢であるベール様も参加するから、きちんと前回のパーティでの誤解を解きなさいなんて意味不明な文章が書かれているけど……誤解も何も、エレノアが指輪を盗ろうとしたのも、カインの不貞《ふてい》も全て事実だからどうしようもない。

「参加しねーだろ。この前もベール、ブチ切れてたぜ。ゼスティリア侯爵家が抗議文を送り付けているのに謝罪もしないなんて、舐《な》めてますわねって」

「ですよね」

先日遊びに来た時の、ベール様の静かな怒りが今でも鮮明に思い出されます。

「もしかして、私だけでなく他の皆様にも出席の有無を確認していないの？」

ゾッとする。ベール様の意思を確認もせず、勝手に出席だと決め付けたの？

だとするとんでもない暴挙だ。私だけでなく、他の上級貴族に対しても、出席して当然のような招待状を送り付けるなんて、無礼《ぶれい》極まりない。

まさか、本当に相手の都合お構いなし？

私が招待状を手配していた時は、きちんとお相手の都合を確認して出席して頂いていましたよ。

大好きなカインのお母様に恥ずかしい思いをさせないように、寝る間も惜しんで精一杯務めた。

あの人達は、少しも私を認めてくれなかったけど。

「こんなお茶会、参加するだけ時間の無駄だろ。もうほっとこうぜ」

破り捨てようと伸ばすラットの手から、私は慌てて招待状を避けた。

「待って。私、参加しようと思うの」

「は？　いや、止めとけって！　絶対、無茶苦茶言われるぜ？　しなくていい嫌な思いするぜ？」

ラットは私がお茶会に参加する意思を示したのが信じられないようで、大きく目を見開いた後、必死で止めた。

ラットの言い分は分かる。招待状ですら胸糞《むなくそ》悪い内容が書かれてるんだから、会えばもっと酷い暴言が聞こえるのは明白。

お茶会には、メト――基本男性は参加しないものね。

彼の目がないのをいいことに私を責め立てて、無理矢理、指輪の件は誤解だと言わされ、ありもしない罪を認めさせようとするに違いない。

「大丈夫。私はあの人達に二度と従わない。あの人達の為に罪を被るなんて、死んでもごめんよ」

いつまでも私が貴女達の思い通りになると思ったら大間違い。

貴女達が落ちぶれていく様をこの目で見届けるために、参加するの。

「いやいや、メトがなんて言うか」

「メトなら思う存分やってこいって言うんじゃない？　彼の妻として恥じないよう、ルーフェス公爵家の信条をしっかり果たしてくるわ」

「染まってんなー」

ニッコリと笑顔で伝えると、ラットは呆れたように答えた。

やられたらやり返す。ルーフェス公爵家の信条はまさに、今の私にピッタリ。

「メトにはちゃんと伝えろよ」

「勿論。今夜報告します」

この招待状もしっかりお見せします。

なんなら、こんなに愉快な招待状、面白いので暫《しばら》く大切に持ち歩くから、絶対に破り捨てないで欲しい。メトがなんて言うのか楽しみね。

◇

「――マルクス伯爵夫人はアホなのか？」

仕事終わりのメトの部屋にお邪魔して招待状を見せると、メトは露骨《ろこつ》に不快な表情を浮かべた。

「伯爵夫人としての教養《きょうよう》はどうした。マルクス伯爵夫人は爵位を舐《な》めてるのか？　その程度の爵位なんてドブに捨ててしまえ」

招待状を読み終え、そのままゴミ箱に投げ捨てたので、私は慌てて回収した。

破り捨てられなくて良かった。

こんなに面白いもの、簡単に捨てちゃったら勿体ないものね。

「礼儀《れいぎ》もなっていない。お茶会を開く前に文字の書き方と単語の綴《つづ》り。手紙の作法《さほう》、目上の者に対する言葉遣い、伯爵夫人としての教養《きょうよう》を全てを勉強しなおさせろ」

私もここまで酷いとは思っていませんでした。

昔のマルクス伯爵家は貧乏でお茶会なんて開けなかっただろうし、持ち直してからはお茶会の準備は全て私がしていた。元お義母様は自分で招待状を送った事がなかったのでしょうね。私の代わりに嫁いだエレノアがするはずないし。

馬鹿な元お義母様。出来ないならお茶会なんて開かなければいいのに。

私がマルクス伯爵家を持ち直した時、元お義母様はいち早く豪華なお茶会を開いた。

まるで周りに、私達は立派な伯爵家だとアピールするように。伯爵夫人としての教養《きょうよう》を学び直すことなく、面倒なことは全て使い勝手のいいハズレ嫁に押し付けた。

馬鹿ね。全ては私のおかげだったのに。

あれだけ散々ハズレ嫁と罵《ののし》っておきながら、自分は何も出来ないなんて笑える。

「で？　出席するのか？」

「はい」

私の答えを予想していたのか、メトはそうと、ただ短く返事をした。

「ならベールを連れていけ。君の復讐に役立つ」

「ベール様を巻き込んでいいんですか？」

メトを散々巻き込んでおいてあれですが、私の私怨《しえん》にベール様も巻き込むのは気が引ける。

「構わない。ゼスティリア侯爵家はルーフェス公爵と懇意《こんい》にしている。何より、ベールは彼等を既に敵認定している。君の復讐に喜んで手を貸すだろう」

「分かりました。感謝します」

勝手に墓穴《ぼけつ》を掘ってゼスティリア侯爵家を敵に回すなんて、本当に愚かな人達。

でもベール様が一緒に行って下さるのは、正直心強い。

「ルエル、君の明日の予定は？」

「明日ですか？　明日は普通に仕事です。と言いますか、来週のお茶会に参加するために、明日からは残業確定です」

元義実家《あなたたち》みたいに暇人じゃないんだから、一週間前に急に招待されても困るのよね。今回は貴女達の無様な姿が見たくて参加するけど、次回からは絶対に参加しません。

「では明日の予定を空けておけ。義姉の所に行く」

「話聞いてました？　明日から残業確定の仕事なんですってば」

「優秀な人材を引き入れたんだろう？　明日一日多く休みを取っても問題ない」

「いやいや！　会議とか、書類作成とか、私目当ての顧客《こきゃく》の対応とか、結構忙しいんですよ⁉」

そりゃあ、私が休めば業績が傾くと、三十九度の高熱が出た時も這って仕事に行っていた頃と比べれば、休みをとっても大丈夫でしょうけど、でも、ただでさえ今は根も葉もない噂の所為《せい》で業績が足踏みして迷惑かけてるのに、このままじゃ借金返済のための利益が伸ばせない！

「うるさい。俺の命令が聞けないのか？」

「……はい。かしこまりました」

ルーフェス公爵様にご命令されれば、逆らえませんとも。

ええ、従いますよ！

明日休んで、明後日から死に物狂いで働けばいいんでしょう⁉

仕事を終えて帰ってきたはずなのに、メトは椅子《いす》に座り、仕事の書類らしきものに目を通しながらペンを走らせている。帰ってくるのも遅いのに、帰ってからも仕事。

きっと私なんかよりも、メトの方が数倍忙しい。元義実家では私以外まともに働いていなかったから、私より忙しい夫がいるのがなんだか不思議な感覚。

「何か私に手伝える事があったら言って下さいね」

「ない」

即答で断られた！

「仕事のし過ぎで体を壊すんじゃないかって、フィーリン様も心配していましたよ」

「義姉は心配性なだけだ」

「私も心配しています」

「……心配、ね」

なんですかその目は。私が人の心配をしないような冷たい女に見えますか？　失礼な。

「折角夫婦になったのですから、私を頼って下さい。貴方の妻になったんですから、私には貴方を支える義務があります」

メトは契約結婚である私に、妻を守る義務があると言い、その言葉通り守ってくれた。

私も、メトの妻として彼を支えたいと思うのは、きっと人として当然のこと。

「……へぇ」

な、何？　なんで立ち上がってこっちに来るの？　って、あれ？

こんな夜中に男性の部屋で二人っきりって――いや、でも、同じベッドで寝た事もあるから、何も考えずに部屋に来ちゃったけど……

「ルエル」

名前を呼ばれただけなのに、急に意識し出して、心拍数が上がる。

触れられたのは髪なのに、どうしてか体が熱い。

見つめられる視線に、どうしてか頭がクラクラして思考がまとまらない。

何かを伝えようとしているメトに、私は――

「あ、明日も早いですし、私！　失礼しますね！」

――顔も見ずに、急いで自分の部屋に繋がる扉から出た。

私達は、周りからは本当の夫婦だと思われている、内緒の契約結婚。

跡継ぎを作るためにも、特に新婚の間は寝室を同じにする夫婦が多いが、私達は仕事を理由に個別に部屋を持った。

これでメトが私の部屋に通わなければ不仲を疑われてしまう所だが、私達の部屋は中にある扉で行き来出来るようになっているので、使用人達はそれを使い私達が逢瀬を重ねていると思っている。

ガチャッと、急いで鍵を閉める。

実際はこの扉には鍵をかけていて、自由に行き来出来ないようになっているのだ。

「意識するなんて、私、本当、馬鹿！」

メトが私に手を出すはずがないのに！

だって、そんな気持ち微塵《みじん》もないって言ってたもの！

現に、同じベッドで寝た時も何もしてこなかったし！

それなのに、走って逃げてきてしまった。はずかしい。

穴があったら入りたいとはまさにこの事！

私達の関係は仕事！　契約結婚！

メトは結婚を迫ってくる女の人の虫除《むしよ》けに私を選んだんだから、ちゃんとしなきゃ！

ただの虫除《むしよ》けの私が、メトを異性として意識するのはよくない。

分かっているのに、まだ心臓がバクバクしてる。

「だめだめ！　しっかりしろ、私！」

パンパンっと頬を叩く。気合を入れ直し、私は明日に備えるためベッドに入った。

どうして急にフィーリン様の所に行くのかは分からないけど、明日は朝早く起きて出掛ける前に少しでも仕事しておかなきゃ。

メトのことを考えないよう、意識を別に移しながら私は眠りについた。

◇

フィーリン邸——

「まぁまぁまぁまぁ。メト君、ルエルちゃん、お久しぶりねー」

結婚のご挨拶以来にお会いするけど、相変わらずフィーリン様の空気は穏やかで優しい。陽だまりみたいでホッとする。特に、こんな雰囲気の時は。

「あらあらー、メト君はご機嫌ナナメなのねー」

お願いですから、フィーリン様、なんとかして下さい！

朝から馬車でここに来るまでの道中もずっと不機嫌オーラ満載《まんさい》でした！

一体なんなの⁉　原因は何⁉

「別に。どっかの誰かさんに話の途中で逃げ出されたからってワケじゃない」

私ですよね！

「まぁまぁまぁ、仲良しねー」

どうしてそうなりました？　これが仲良さそうに見えますか？

契約結婚なので、仲良く見えるなら良かったですけど。

「メトお兄ちゃん！」

シャイン！　シャインも相変わらず可愛い！

癒しの源《みなもと》であるシャインは、久しぶりに大好きなメトに会えたのが嬉しいのか、家から飛び出てメトの足にギュッと抱き着いた。

「シャイン、元気にしていたか？」

「うん！」

流石のメトも、可愛い可愛いシャインに不機嫌な顔は出来ないみたいね。打って変わって優しい表情でシャインの頭を撫でた。

「シャイン。メト君とルエルちゃん、喧嘩《けんか》しているそうよー、喧嘩《けんか》は駄目よねー？」

「うん、駄目だよ。喧嘩《けんか》したら仲直りしなきゃ」

フィーリン様に言われ、小さな胸を張って自信満々に答えるシャイン。

可愛いっ！　何これ、天使？

こんな天使に言われたら、私、絶対言う事聞きます！

「……メト、ごめんなさい。その、夜遅かったし、眠たくて、つい、逃げてしまいました」

メトの方に体を向き直して、頭を下げて謝罪する。

本当は変にメトを意識してしまったからなんですけど……でも、そんな事言えません！

「……はぁ。もういい。別に怒ってない」

しっかり怒ってましたけどね。でも私は賢いので、空気を読んで何も言いませんよ。

「まぁまぁ、仲直り出来て良かったわー」

フィーリン様は私達の仲直りを、温かい笑顔で見守って下さった。

お邪魔したばかりで早速、夫婦喧嘩《けんか》を仲裁して下さって感謝します、フィーリン様、シャイン。

私達がフィーリン様のお宅にお邪魔した時に過ごす広い庭。

そこに用意されたいつもの白いテーブルには、既にお茶の用意がされていた。

「それで、今日来たのはマルクス伯爵夫人のお茶会についてかしらー？」

椅子《いす》に座り少し談笑した後、フィーリン様がにこやかに出した言葉に私の頭に《？》が飛んだ。

何故フィーリン様がその事を知ってるの？

メトが話した？

「そうだ。そのお茶会に誰が来るのかなど、掴んだ情報を話して欲しい」

いやいや、フィーリン様はマルクス伯爵家のお茶会には誘われていないでしょうし、元お義母様が誰を誘って、誰が招待を受けるかなんて分かるはずがないじゃない。

「えっとぉ、上級貴族から言うとルエルちゃんを除けばベールちゃんが一番だけど、それは流石に知ってるわよねー。後はムレスナ子爵夫人と、そのご令嬢と――」

「マルクス伯爵夫人は、あのふざけた招待状を他の奴等にも送ってるのか？　よくそれで出席しようと思うな」

「送ってるみたいよー。あの招待状に怒ってる方も勿論いるけどー。今回は噂の真偽を確かめる意味合いで参加を決めた人が多いみたいね。後はエレノア様のご友人も何人か来るみたいだけど、こちらはエレノア様がきちんと招待状を送ったみたいねー」

「ちょっと待って下さい！　なんでフィーリン様が、そんなに詳しく知ってるんですか？」

黙って聞いていたけど、色々おかしい！

なんでフィーリン様が、招待状や、マルクス伯爵家のお茶会の出席者を知ってるの⁉

エレノアの友人もご存じのようですし。

「義姉はルーフェス公爵家の優秀な情報屋だ」

「情報屋⁉　フィーリン様が⁉」

「正確には、私の実家がねー、ルーフェス公爵家に代々仕える情報屋さんなのー」

こんなに穏やかでのんびりしていそうなフィーリン様が情報屋？　ギャップが凄いんだけど。

「はい、これが他に招待された子に送られた招待状よー」

そう言って、マルクス伯爵夫人から送られた別の招待状を取り出すフィーリン様。宛名は守秘義務なのか隠されてるけど。

「こんなもの、どうやって手に入れたんですか？」

「ふふふ。それはね、ひ・み・つ」

人差し指を口に当てて内緒ってするフィーリン様可愛い。

そして仕事が出来る女で格好良い！

ますますフィーリン様を好きになりました！

『○○様。

一週間後、午後二時よりマルクス伯爵家にてお茶会を開きます。

私の息子の新しい妻、エレノアさんも参加するので、是非ご令嬢もお連れ下さい。前の不出来な嫁と違って、跡付ぎ（跡継ぎ）を宿した素的（素敵）な女性です。

クリプト伯爵家自万（自慢）のエレノアさんこそが、本来カインの嫁に相応しかったのです。

よからぬ噂が流れているようですが、我がマルクス伯爵家に非は一切ございません。それを今度のお茶（会）で証明してみせますので、そちらも楽しみにしていて下さいませ。

手土産はあまりお気になさらず、○○菓子でいいですわ』

――相変わらず、誤字が酷いし、字が汚い。

私の招待状だけわざと無礼《ぶれい》にしたのかとほんの少しだけ考えましたけど、どうやら本当にただの無能でしたね。

「因みにーこちらの招待状のご令嬢は、両親の猛反対にあい出席を断念したそうよー」

そりゃあそうですよね。こんな無礼《ぶれい》な招待状、私が親でも出席を反対します。

「マルクス伯爵夫人はー伯爵夫人としての教養《きょうよう》をどこかに忘れてしまったのかしら？　怖いわー」

「忘れたんじゃなくて、初めから学んでないだけだと思いますよ」

本当に馬鹿で助かる。

自分から進んで、伯爵夫人としての無能さを広めてくれるんだもの。

「ルエルの招待時間が一時間早くなっているのは何故だ？」

「本当ですね」

私の招待状には、午後一時からの開催と記載されているのに、この招待状には午後二時と記載されている。

「あらあらまぁまぁー、本当ねー」

フィーリン様も、私から招待状を受け取り確認する。

「残念だけど、理由は分からないわー。ルエルちゃんの招待状は初めて見たしねー。まぁまぁまぁまぁ、ルエルちゃんをハズレ嫁だなんて、こんなに素敵なお嫁さんなのに酷いわー」

フィーリン様は悲しげな表情を浮かべ、心配そうに私を見つめた。

「マルクス伯爵夫人は、このお茶会でルエルちゃんに全ての汚名《おめい》を認めさせて、自分達の潔白《けっぱく》を証明するのが狙いみたいねー」

私宛の招待状に書かれた、皆様の前で誤解を解けの文字。

招待した皆様の前で、私の口から貴女達が勝手に作ったデタラメな私の汚名《おめい》を、認めさせようとしている。全部、貴女達がしていたのに、全ての罪を私に擦り付けるつもりなのね。

「本当に胸糞《むなくそ》悪い奴等だな」

隣に座るメトが、本気で怒っているのが伝わる。

さっきまでの不機嫌とは違う、本気で、私のために怒ってくれている——それが、嬉しい。

「マルクス伯爵夫人のお茶会の情報を私に聞きに来たということは、ルエルちゃんは参加する気なのねー？」

「はい」

「お茶会には、マルクス伯爵家と仲良くしている人達、マルクス伯爵夫人の言い分を信じている方や、エレノア様の友人も来られるから、ルエルちゃんには楽しくないお茶会だと思うわよー？　それでも行くのー？」

「はい」

売られた喧嘩《けんか》は買います。それに、私にとっても、噂の真相をハッキリさせるチャンスでもあります。どちらが正しいか、その目で見極めてもらえば良い。

「心配だわー出来れば、出席しないで欲しいのだけど」

「大丈夫ですよ。ベール様に一緒に来て欲しいとお願いするつもりですし、私はルーフェス公爵夫人です。多少の嫌味は言われるかもしれませんが、常識のある方々なら、私に直接手を出すのが愚《ぐ》行《こう》だと分かっているはずですから」

元義実家とエレノアは分かってないけどね。

次から次へと私に喧嘩《けんか》売ってくるもの。復讐のし甲斐があって助かるわ。

「マルクス伯爵家とまだ親しくしている家があるんだな。どこの家だ？　全て教えろ」

怖い怖い怖い怖い。止めてメト！

ルーフェス公爵家が本気を出したら、元お義母様のお茶会なんて簡単になくなるんですからね！

そんな事したら、あの人達の無様な姿がこの目で見れなくなるじゃない！

私は、あの人達の不幸になる姿が見たいんだから！

「まぁまぁ、マルクス伯爵家と仲良くしてる家があるのは、ルエルちゃんが頑張ってきた証でもあるのよー」

「私？　私の、頑張ってきた証？」

私の頑張ってきた証？　どうして？

「ルエルちゃんがマルクス伯爵家でやってきた頑張りが認められているのよー。きっと、マルクス伯爵家がまだ見捨てられていないのは、今までのルエルちゃんのきめ細かな気配りや丁寧な仕事ぶりが、今も感謝されている証よ。残念ながら、ルエルちゃんでなくご当主やご令息の評価になっているけれど」

私があの家でしてきたことは、表面上は私ではなくあの人達の評価になっている。

それで良かった。私は、私の評価になんて興味がなかった。

カインが幸せなら、カインが笑ってくれるなら、私はそれで良かったのに。

「――その証は、いずれ全て返して頂きます」

私が残したものは、全て私に返してもらう。

それで貴女達が不幸のどん底に落ちようとも関係ない。

そのまま地獄《じごく》に落ちれば良い。

「ねーお話、まだ終わらないの？　メトお兄ちゃん、早く遊ぼうよ」

ひょこっと、テーブルの下から顔を覗かせ、メトを遊びに誘うシャイン。

か、可愛いっ！

「私からの情報は以上よ。シャイン、もう遊んでいいわよー」

「やったぁ！」

ちゃんと私達が話している間は我慢して待ってくれていたなんて、なんて良い子！

そして可愛い！　大好きなメトお兄ちゃんの手を引いて行くシャインが可愛過ぎて眼福です！

さっきまでのドス黒い感情が薄れていきます！　ありがとうございます！

ああ！　メトお兄ちゃんとシャボン玉で遊ぼうと思って、前日から楽しみに用意していたシャボン液と吹き棒を手に持つシャインが可愛いよ！

「ふふふ。ルエルちゃんはシャインを本当に好きーって目で見てくれるわねー」

「勿論です！　凄く可愛いですもの」

子供は大好き。本当は一時期、見るのも辛い時があったけど今はもう平気。跡継ぎを作らなきゃって呪縛《じゅばく》から逃れられて――また、子供が好きだと思えるようになって嬉しい。

「少し救われているんです。メトが子供を欲しがらないことに。私は、子供が出来ないから選んでもらえたのかなって……」

彼が子供を望んでいたら私は選ばれなかった。皮肉ね。

あれだけ欲しかった子供が出来ない体だったからこそ、私はメトに選ばれた。

「メト君は、ちゃんとルエルちゃんを好きだから、ルエルちゃんを選んだんだと思うわよー」

それは違いますとハッキリ言いたかったけど、契約結婚である以上、否定出来ない。

なによりフィーリン様は、メトが一番幸せな結婚をしたと思って欲しい相手。

「それなら嬉しいです」

上手に嘘をつかなきゃ。

「本当よーだってメト君、ルエルちゃんのために、今日ここに来たんでしょう？」

「――あ」

そうか。メトは私に情報を教えるために、ここに連れて来てくれたんだ。

契約結婚なのに、メトは私を本当の夫のように守ってくれる。

力になってくれる。

カインとは全てが違う。

「ルエルちゃんは、メト君が好き？」

「……はい、勿論」

いいえ。好きじゃありません。好きになれません。もう誰も好きになりたくない。

怖い――好きになってまた裏切られるのは嫌。

あんな風に傷付くのは、もう嫌。

あの時の光景が、ずっと頭の中に残ってる。

エレノアとカインが抱き合い、唇を交わしている姿。

愛していた分、裏切られた時の衝撃は大きかった。

貴方達への憎悪《ぞうお》が私を満たしている。

離縁して貴方達から離れても、ずっとずっと、私を苦しめている。

「まぁまぁ。良いわねーラブラブでー」

信頼してくれているフィーリン様に嘘をつく度に心が痛むけど、最後まで嘘をつき続けます。

嘘は上手に、つくなら最後まで隠し通さなきゃ。

「ところで、ルエルちゃんは時間通りに午後一時に行くの？」

私一人だけ早められた集合時間。何か意図があるんでしょうけど、その意図にわざわざ乗ってあげるほど、私は親切じゃないのよね。

「いいえ。生憎《あいにく》、その日は仕事が立て込んでいるので、丁度一時間くらい遅れてしまう予定です」

一週間前に唐突に招待状を送り付けてきたのだもの。都合をつけるだけ、感謝して欲しいくらい。だから、一時間くらい遅れて他の皆様と一緒でもなんの問題もないでしょう。

「それがいいと思うわー、ちゃんとベールちゃんと一緒に行ってね。ベールちゃん、一緒に行く気満々だったわよー」

流石ルーフェス公爵家の情報屋。もう既にベール様と意見交換を？　凄い！

「はい、情報ありがとうございました、フィーリン様」

元お義母様、ハズレ嫁と罵倒《ばとう》され続けた私が、貴女の見栄っ張りな無能な姿を白日のもとに晒してあげる。楽しみに待っていて下さいね。

◇

一週間後——マルクス伯爵邸。

またここに戻ってくることになるなんて思ってもなかった。しかもこんなに早く。

あれだけ大切だと思っていた場所なのに、今はもう二度と足を踏み入れたくないくらい、大嫌いな場所。

「ルエル様。大丈夫ですか？」

私を心配そうに見つめるベール様。

「大丈夫ですよ」

胸糞《むなくそ》悪い事を思い出して、怒りのあまり、そこら辺にある元お義父様ご自慢の趣味の悪い彫刻《ちょうこく》を蹴り倒してしまいそうになっただけですから。

二人で乗ってきた馬車を降り、マルクス伯爵邸の庭を執事の案内で歩く。

この庭の手入れも私が手配していたけど、今はエレノアがしているのかしら？

ぱっと見ただけで分かる豪華な花にアーチ。庭にあった噴水も一新しました？

一体、幾らかかったのやら。

マルクス伯爵家のお茶会は基本、庭にある景色が一望出来る東屋《あずまや》で開く。

マルクス伯爵家自慢の東屋《あずまや》。まだ事業を持ち直したばかりの頃、元義母様は私の反対を押し切って、多額のお金を使い自分達の見栄のためにこれを立てた。馬鹿馬鹿しい。

歩いて行くと、何やら見慣れた人物が焦ったような表情で声を掛けてきたので、私はにこやかに対応してあげた。

「ルエルさん！」

「お久しぶりです、マルクス伯爵夫人」

「ルエルさん！　貴女、ちゃんと招待状の時間を見たの⁉」

「はい。残念ながら、仕事の都合で一時間遅れてしまったんです。でも、丁度お茶会が始まる時間みたいなので良かったです」

何をそんなに焦っているのか知らないけど、私の隣にベール様がいるのでいつものような暴言を吐けずにいるのね。

「べ、ベール様。少しルエルさんとお話があるので、先にお茶会の場所に行って下さいませ。ベール様のご友人のエレノアさんもおりますから」

「結構ですわ。今日、私は友人のルエル様と一緒に来ていますの」

私の友人であることを強調しつつ、バッサリと断るベール様。

ゼスティリア侯爵家には、前回のパーティ以降、散々抗議文を送られて目を付けられているから、流石にこれ以上の暴挙には出れませんか。

なんせゼスティリア侯爵家は名家。普通は逆らいません。……それでいったらルーフェス公爵夫人である私に喧嘩《けんか》を売るのが、そもそも有り得ませんけどね。

「ぐっ。で、ではこのまま話しますわよ！」

私には最強の天才公爵様がついてるんだから、どう考えてもそちらの負け戦なんだよなぁ。

「聞いていますか⁉　ルエルさん！」

「ごめんなさい、全く聞いていませんでした。もう一度お願いします」

興味のない話だったので、つい上の空になっていました。

「このっ！　だからお前はハズレ――ゴホン！　いいこととルエルさん！　この後のお茶会で、ちゃんと貴女が流したデタラメな噂を否定しなさいね！　でないと許しませんよ！」

阿呆か。貴女に許されなくなったって、痛くも痒《かゆ》くもないわ。

言いたいことを伝え終えた元お義母様は、足早にお茶会の場所に向かった。

私を早く呼び付けたのは、自分達の身の潔白《けっぱく》のために、私に噂を否定しろと念押しで命令するためだったみたいですね。

一時間もあれば私を従えられると？

元義実家にいた時のように、責め立てれば私が従順《じゅうじゅん》になるとでも？

馬鹿ね。私があの時言うことを聞いていたのは、カインへの愛があったから。

今となっては、貴女達の理不尽な命令を聞く意味なんてない。

フィーリン様に聞いていて良かった。そんな耳障《みみざわ》りな命令、一時間も聞いてられないものね。

「ルエル様、私、実はゼスティリア侯爵令嬢として、少し魔法を嗜《たしな》んでおりますの」

「そうなんですか」

ゼスティリア侯爵家は魔法を得意とする家だからおかしくはありませんね。

急にどうしたのでしょう？

「ルエル様がお許しになるのでしたら、私、今からマルクス伯爵夫人を痛め付けて――」

「駄目ですよベール様っ！　落ち着いて下さい！」

目がマジです！　怖い！　止めて下さい！

必死で体を張って止めると、少し落ち着いたベール様は息を深く吸い、左手に浮かべた魔法を消した。

「失礼しましたわルエル様。ルーフェス公爵夫人に対して、なんて失礼な口の利き方をしやがるのかと思ったら、つい我を忘れて暴走してしまいました」

ベール様、意外と激しい気性の持ち主なんですね。

「私は大丈夫ですよ。あれくらい、言われ慣れていますから」

全く自慢出来る事ではないですけどね。

気を取り直して、ベール様とお茶会の場所に到着すると、エレノアがこちらに駆け寄ってきた。

「ベール様ぁ！」

私ではなく、私の隣にいるベール様に向かって満面の笑みで声を掛ける。

「お待ちしていました、ベール様！　お久しぶりです！　招待して頂いたパーティ以来ですね！　私に会うためにお義母様のお茶会に出席して下さってありがとうございます！」

他の招待客の皆様にアピールするように、大きな声でベール様と親密であると思わせる発言をするエレノア。

ああ、成程。今までいくら招待しても来なかったベール様が今回このお茶会に出席したから、やっと友達になってくれたと認識したのね。そんなわけないのに。

「ご招待頂きありがとうございます。突然の招待だったので、出席するのが大変でしたわ」

一週間前に送りつけられた招待状について、嫌味を込めて発言するベール様。

「わざわざ予定を空けてまで来て下さったんですか⁉　すっごーい！　私、嬉しいです」

周りの招待客はベール様の嫌味に気付いていたのに、エレノアは何も気付いていないみたい。元お義母様がふざけた招待状を皆様に送っていること、知らないのね。

馬鹿な元お義母様。エレノアはクリプト伯爵令嬢として最低限の礼儀《れいぎ》は知っているから、エレノアに招待状の出し方を聞いていれば、間違いを正してくれたかもしれないのにね。

もう遅いけど。

「こちらに座って下さいベール様！　私の隣の席を用意しましたの！」

嬉しそうにベール様の手を引こうと伸ばしたエレノアの手を、私は掴んだ。

「な、何するのよ！　ルエルお姉様！」

「ベール様は私の友人としてついてきてくれたの。失礼な真似は止めなさい」

「っ！」

すぐに怒りが顔に出るのね。悔しい？

貴女が私から奪ったはずの友人が、また私の友人に戻っているんだものね。

「――ぐすんっぐすん。酷いですぅルエルお姉様。いつもいつも、私から全部奪って、逆らったら怒るだなんてぇ」

観客にアピールするための泣き落としですか？　大根役者過ぎて笑える。

「嘘泣きは止めなさいエレノア。みっともないわよ」

「酷い、ルエルお姉様！」

自由に涙を流せるのは貴女の数少ない特技の一つよね。悲しくもないくせに、よくそんなに泣けるものだわ。

「まぁ、ずっとエレノア様を虐めてらしたのに、酷い言い様ですわ」

「ベール様は本当はエレノア様のご友人だったのでしょう？　それをルエル様が嘘をついて、仲違いさせていたとエレノア様から聞きました。ついこの間その誤解が解けて、今日こうしてお茶会に参加されたとか」

「それなのにベール様とエレノア様の仲を邪魔するだなんて、ルエル様は意地悪な方なのね」

お茶会に参加された招待客から聞こえる声。

こんな大根役者に騙されるなんて見る目がないのね。よく見れば、元お義父様が雇った使えない部下のご令嬢もいるじゃない。

成程、そちらは完全にエレノアや元お義母様の味方というわけか。

「ごめんなさいませ皆様！　ルエルさんは皆様ご存じの通り、昔、私の息子の嫁でしたが、その時からちょっと――ねぇ、問題がございまして」

元お義母様もここぞとばかりに追撃してきますね。

何よ、問題って。問題があるのは貴女達の方でしょう。

「ルエル様はご子息の妻だった頃、仕事もせず、マルクス伯爵夫人のお手伝いもされず、遊び回っていたらしいですわ」

「確かに、一度もお茶会で姿をお見掛けしませんでした。それに比べて、エレノア様はちゃんとお茶会に参加されていますものね」

「あの噂は、やっぱりエレノア様とカイン様がおっしゃっている方が正しいんですわ」

元お義父様に押し付けられた仕事で忙しくしていたんですけどね。

私が仕事をしていたのは、事業者界隈ではとても有名なのですが、仕事をした事がないご夫人やご令嬢は興味もありませんか。

「さぁさ！　今日のお茶会は初めて息子の嫁が出席してくれたので、私も嬉しいわ！　前のハズ——いえ、嫁は、準備どころか、参加もしてくれませんでしたからね」

元お義母様《あなた》の意向もあってお茶会に参加出来なかったんですけどね。

ハズレ嫁は社交の場に出るな！　じゃありませんでしたっけ。本当に全部を自分達の都合のいい嘘で塗り固めようとされているんですね。

思惑通りに私が悪く言われご満悦《まんえつ》のエレノアは、涙を拭う手の下で微笑んでいた。

「さぁさエレノアさん！　こんな素敵な日にいつまでも泣いていては駄目よ！　早くお茶会を始めましょう」

「はい、お義母様」

エレノアの肩に手を置き、笑顔で告げる元お義母様。

エレノアは涙を拭った後、まるで祈るように両手を組み私を見つめた。

「ルエルお姉様、後でちゃんと自分の口から、全ての罪をお認め下さいね」

涙を拭い、意地悪な姉に向かって勇気を出して意見を言う健気な妹という構図は、エレノアが望んだものなのでしょう。エレノアは周りの招待客に慰められながら席についた。

私に向けられる冷たい視線。

でも私はそれを気にせず、用意された席についた。ご丁寧に私の席の周りにはどなたの席も用意されていない。完全に一人ぼっち。

「ベール様！　ベール様の席はこちらにご用意しております！」

「結構ですわ。こちらの方が広々として良いですもの」

元お義母様の声掛けを無視し、私の隣に椅子《いす》を移動させるベール様。

私にウィンクして下さるその凛々しいお姿、素敵です！

「きっとルーフェス公爵家に配慮《はいりょ》して、仕方なくルエルお姉様の傍にいるんです。可哀想なベール様」

相変わらずエレノアは自分に都合の良いように捉えますね。カインと似た者夫婦ですこと。

ゼスティリア侯爵家に強気に出られない元お義母様は、まだ納得はしていないみたいですが、ベール様の席移動は諦めたようです。

コホンっと一つ咳払いすると、お茶会に集まった招待客に笑顔を向けた。

「さぁさ皆様、マルクス伯爵家の自慢のお茶会を存分に楽しんで下さいませ！」

元お義母様やエレノアにとって都合の良い空気で、お茶会は始まった。

ガヤガヤと明るく和やかな雰囲気。

自分を気遣うご令嬢や夫人に囲まれご満悦《まんえつ》のエレノアに、私を呼びつけてご満悦《まんえつ》の元お義母様。

私はそんな二人の様子を眺めながら、ゆっくりとティーカップを口に近付けた。

馬鹿な人たち。

自らの首を絞めるお茶会を、自らの手で開くなんて。

最初から最後まで滑稽《こっけい》過ぎて笑える。

「――あの、マルクス伯爵夫人」

とあるご夫人が、戸惑いの表情を浮かべたまま手を上げた。

「私、こちらの紅茶は飲めません」

元お義母様が用意したのは、最高級の茶葉と最高級のお菓子。

ここぞとばかりに良いものを用意したんですね。

しかしご夫人は、ティーカップに口をつけないまま拒否する。

「ムレスナ様、どうしたのですか？　いつもは普通に飲んでいるじゃありませんか！」

驚いたように目を丸くする元お義母様。その発言に、ムレスナ様はハンカチを口元に当て思いっ切り顔をしかめた。

「どうしたのはこちらの台詞《セリフ》です。いつもは、私には違うお茶を用意して下さっていたではありませんか。私の体質に気遣って下さっていたでしょう？」

「え？」

「私もです。私、砂糖は控えているとお伝えしていたかと思うのですが」

「え？　え？　え？」

次から次へと招待客から不満が上がるのを、私はお茶の入ったカップで口元を隠しながら、微笑んで眺めた。

残念でしたね、元お義母様。

一回だって自分でお茶会を開いてこなかったツケが、今まさに回ってきているんですよ。

「――マルクス伯爵夫人。ムレスナ様はアールグレイ系の茶葉がお体に合わないのです。テマエル様は、体調管理を兼ねて砂糖を控えていらっしゃるのですよね。いつもは砂糖を使わない、野菜の甘みを活かしたお菓子を用意していたのですが、今回は用意されなかったんですか？」

私は優しいから、今からでも丁寧に元お義母様に教えてあげますね。

「確かウィナント様はお茶よりも珈琲《コーヒー》がお好きでしたね。ヒサキ様は――」

いつも元お義母様が招待する方に対して、私がしていた気遣いを一つずつ教える。

お茶会の準備はね、ただ高級なお茶とお菓子を用意するだけじゃないの。招待する人達を思って、どれだけ楽しく過ごして頂けるかを考えて準備をするの。

知らないでしょう？

全部、私に押し付けていましたものね。

「や、止めなさい！　ルエルさん！」

「どうしてですか？　何も知らないマルクス伯爵夫人のために、私が今までしてきたお茶会の準備の仕方を教えてあげているんじゃないですか」

ザワっと、一気に周りのざわめきが大きくなる。

元お義母様は、私の暴露《ばくろ》に顔を真っ赤にしてワナワナと震えていますね。おっかしい。

「いい加減なこと言わないで頂戴！　今まで一度もお茶会を手伝ってこなかったのは、あんたでしょう⁉」

「お手伝い？　マルクス伯爵夫人はお手伝いもしなかったじゃないですか。私が一人で全て準備していました。招待状もね」

そう言って私は、花のイラストの描かれた便箋《びんせん》をテーブルの上に出した。

「デタラメなこと言うんじゃないよ、このハズレ嫁が！　そんな便箋《びんせん》なんか取り出して、なんだって言うんだい⁉」

パニックなのか、口調が元の下品なものに戻っていますよ。

それに、また墓穴《ぼけつ》を掘りましたね。

「この便箋《びんせん》に見覚えがないんですか？　私が今まで、マルクス伯爵家のお茶会の招待状として使っていた便箋《びんせん》なのに。ああ、それもそうですね。一度も招待状を用意した事がないマルクス伯爵夫人が知らなくても無理ありません」

本当、愚かな元お義母様。この便箋《びんせん》を見た事がないなんて、それは、今まで招待状を用意してこなかったと証明したようなもの。

「招待状……字も汚いし、何かおかしいとは思っていましたが、やっぱり……」

「今までの招待状とは全く違いましたものね。届いたのも一週間前でしたし、出欠の確認もないし」

「私はてっきり、今回の招待状はエレノア様が初めてお手伝いしたものかと思っていました。だから不慣れなのかと……」

流石のエレノアでも、元お義母様よりはまともな字が書けますよ。

その勘違いは勘違いで、とても愉快ですけど。

「あの、私からもよろしいでしょうか」

更に元お義母様を追撃するように、今度はエレノア付近に座っていた令嬢が手を上げた。

「先程、ルエル様は仕事をしていないと仰っていましたが、ルエル様はこちらの嫁でいた時も働いていたと、父から聞いた事があります」

あら、取引先のご令嬢ですね。今は少し足が遠のいてしまいましたが――これを機に、また良い関係が築けたら嬉しいです。

「私も聞いた事がありますわ。なんなら、今も主人はルエル様と仕事で良い関係を築いております」

「私も、ルエル様が働いているのをこの目で見た事がありますわ」

次から次へと、私を擁護《ようご》する発言が飛び交い、元お義母様は顔を真っ青にして立ち竦んだ。

そうでしょうね。

だって今まさに、元お義母様がついた嘘がバレたんだもの。

仕事もせず夫人の務めもせず、遊び回っていた元嫁のルエル。

そんな事実、どこにもないものね。

「マルクス伯爵夫人、本当に今まで、サロンやお茶会の準備は貴女がされていたんですか？　ルエル様は、遊び回っていて家の事は全くなさらなかったと言っていましたよね？」

「あ……それ、は……」

最後にトドメをさすようにベール様が問い詰めると、元お義母様は何も言葉が出てこないようだった。

「マルクス伯爵家って、昔は貧乏でお茶会一つ開けないどころか参加も出来なかったようですし」

「まぁ、ルエル様のおかげでお茶会を開けるようになったのに、今までルエル様にお茶会の準備もさせて、あたかも自分が開いていたように見せかけていたの？　あつかましいにも程がありますわ」

お茶会に集まったご令嬢や貴婦人達は、聞こえるように噂話を口にした。

元々、平民の身でクリプト伯爵家に嫁いできた元お義母様。

だから、元お義母様は貴族の常識に疎《うと》い。

何も理解していないからこそ、こんな常識外れなことも平気でできる。少しでも貴族としての在り方を勉強すれば良かったのに、それすら、元お義母様はしなかったものね。

「本当にガッカリですわ、マルクス伯爵夫人」

ベール様に突き放され、膝から崩れ落ちる元お義母様。

はい、これでお終い。

最初から結末は分かりきっていたけれど、無様な姿を晒してくれて、どうもありがとう。

私、とても幸せよ。

元お義母様が奪った私の頑張りの証。ちゃんと返してもらいますね。

「嘘……お義母様の評判の良いお茶会は、全部、ルエルお姉様がしていたものだったの!?」

エレノアはエレノアで、私がマルクス伯爵家のお茶会を仕切ってたのを知らなかったみたいね。

自慢のお義母様の下に嫁げたと思っていた？

残念。実際は自分では何も出来ない、伯爵夫人としての教養《きょうよう》皆無の残念な人よ。

これからはエレノアが支えてあげてね？

マルクス伯爵令息の——カインの妻として。

「で、でも、それとルエルお姉様の噂とは別よ！　お義母様の言っていたことは間違っていたのかもしれないけど、ルエルお姉様が私を虐めていたのも、友達を奪ったのも事実だもの！」

この期に及んで……折角今日は良い気分だから、貴女は見逃してあげようと思ったのに。

「ほら！　早く私に謝ってよ、ルエルお姉様！」

馬鹿な妹。こんなのと血が繋がっているなんて思いたくないわ。

「その奪われた友人とは、私のことですか？」

隣にいるベール様が尋ねると、エレノアはまた目に涙を浮かべ、悲劇のヒロインを演じてみせた。

「勿論です！　昔もお話ししましたよね？　私の方が先にベール様と仲良くなりたいと思って姉に伝えたんです！　なのに、ルエルお姉様は私からベール様を奪って――」

「私の方から、ルエル様に友人になって欲しくて声をおかけしましたわ」

「え？」

「そもそもなんですが、先に伝えたからって、お姉様が誰と仲良くなろうと、妹であるエレノア様に関係ありますの？」

「だ――って、お姉様だから……姉は、「可愛い妹が欲しがるものは、全部譲らないといけなくて！」

ベール様の剣幕《けんまく》に押され、言葉を詰まらせながら話すエレノア。

その理不尽な要求を私は何度聞かされただろう。

泣いても泣いても、私は妹に全てを奪われてきた。

「私の友人は、今も昔もルエル様ですわ。貴女と友人になった覚えは一度だってありません」

「そんな！」

（ベール様……ありがとうございます）

こんな私を友人だとハッキリと言ってくれたのが嬉しくて、胸が熱くなる。

エレノアに奪われない友人――それは、私がずっと欲しかったもの。貴女に奪われた友人も、きちんと返してもらうわね。

「エレノア」

お茶会に出席した分、元お義母様とエレノアの不幸な顔は見れた。満足。

もうこれ以上ここにいる意味はない。

お茶会の場から去る前に、私はエレノアに声を掛けた。

「私にお願いしないと友人を作れないなんて、情けない妹ね。頑張って自分で友人の一人でも作れるようになりなさい」

「な！　何よ、ルエルお姉様に言われたくないわ！　ルエルお姉様と違って、私には友達が沢山いるんだから！」

そうかしら？　今、貴女の周りにいる友人の顔を見てみたら？

軽蔑《けいべつ》の眼差しを向けて、貴女から距離を取っているのが分からない？

折角猫を被って出来た友人も、今日でいなくなるのね。

可哀想なエレノア。同情なんてしないけど、いい気味ね。

「では、皆様さようなら。もう二度とマルクス伯爵家のお茶会には参加しませんので悪しからず」

これで貴女達の評判はもっと下がったし、貴女達の流した私の悪い噂の信憑性が薄れたでしょう。

さぁ、これからもっと、貴女達は不幸になるのよ。楽しみね。

私が精一杯ご案内しますから、どうぞ地獄《じごく》の果てまで落ちて下さい。

第五章　最低な領主と最高の領主

マルクス伯爵家のお茶会より数週間後——マルクス領。

「カイン様！」

「ん？　なんだい？」

マルクス伯爵令息であるカインは、父親であるマルクス伯爵から、ルエルが行っていた事業の幾つかを任された。その仕事途中、街を歩いていたカインは笑顔で領民達の呼び掛けに答えた。

「カイン様、いつもお疲れ様です！　今度、領主の仕事も幾つか任されると伺いました！」

「気が早いよ。今、任されている事業が成功したら、領主としての仕事も任せると父様が言ってくれただけだ」

「またまた、業績はここ数年うなぎ登りじゃないですか！　それはもう、マルクス伯爵は領主の仕事をカイン様に任せると言ったも同然ですよ！」

満更でもない表情を浮かべるカイン。

建前《たてまえ》として気が早いと言ったが、自身も同じ事を思っていた。

「今までは父様の付き添いの仕事が多かったが、任されると聞いて、一層身が引き締まる思いだ。まだまだ未熟だが、精一杯マルクスの領民のために力を尽くそう」

おおー！　と、集まった領民達から歓声と拍手が湧く。

「流石カイン様！　カイン様が跡を継いで下されば、マルクス領は安泰《あんたい》ですな！」

「カイン様ぁ、これ、良かったら食べて下さい！　私が作ったお菓子なんですぅ」

「ちょっと、抜け駆けしないでよね！」

「おいおい、カイン様は既婚者だぞ。やっと、あの出来損ないの嫁から解放されて、相応しいお嫁さんが来てくれたってのに」

中年の男性が、カインに黄色い声を上げる女の子達を窘めた。

出来損ないの嫁。その言葉が示すのは、勿論ルエルのことだった。

「ルエル様、マルクス様やカイン様の仕事の成果を横取りしていたんですよね？　ほんと、有り得ない！」

先程カインに黄色い声を上げていた女の子達も、ルエルについて悪く言った。

「あんまりルエルを悪く言わないであげて。きっと、悪気はなかったんだ」

「カイン様、優し過ぎますよ！」

「そうかな？」

——ルエルは僕と結婚してから、すぐに父様に命じられて仕事に出た。

僕は頑張るルエルを応援していたし、大好きだった。

でも、母様や父様はルエルを好きじゃなかった。ルエルのせいでクリプト伯爵家から援助を受けられなかった上に、子供が出来なかったから。

父様や母様ともちっとも仲良くしてくれないし。ルエルは、父様と母様の言うように嫁としてハズレなんだろうな。

嫁として優れていれば、僕の両親とも仲良くしてくれるはずだから。

仕事ばっかりで家に帰ってくるのも遅くて、家にいても書類をいじって家事をして、僕に構ってくれない。君がしている仕事は元はといえばマルクス伯爵家のモノなのに、我がもの顔で仕事をしてる。うん、僕は分かってるよ。ルエルに悪気はないんだ。

でもさ、誰のおかげで仕事が出来ているのかをちゃんと考えて欲しかった。

ルエルは僕に嫁いだから仕事が出来るようになったんだ。僕と結婚したおかげ。

父様は言ってたよ。

ルエルに任せず俺が仕事をしていれば、もっと業績を伸ばすことが出来たって。

だからルエルがしていた仕事の成果も得たお金も君のモノじゃない。全部僕達のモノで当然。

君に子供が出来なかったから僕達は離縁した。僕は悪くない。僕はただエレノアに誘われるがまま関係を持っただけだ。

そして、子供が出来た。だから僕は男として責任を取っただけだ。

なのに君は僕を責めた。責められるべきは子供が出来ない君なのに。

でも僕はルエルが好きだからずっと庇っていた。

それなのに、ルエルは僕達の悪い噂を流した。

たとえそれが真実でも、ルエルなら僕のために全ての汚名《おめい》を被ってくれると信じてたのに！

幸い、領民達は僕達を信じてくれているけど。

「ルエル様、あの有名なルーフェス公爵様に嫁いだんですよね？　超お金持ちであの顔面国宝級の綺麗なお顔！　いいなぁルエル様ー！」

「ねー！　悪女は男に取り入るのも上手なんじゃない？　私にもそのテクニック教えて欲しい！」

僕に黄色い声援を送っていたその口で、あの男にも黄色い声を吐く領民の女の子達。

メト＝ルーフェス公爵――新しいルエルの夫。

「そろそろ仕事に戻るよ」

領民から離れ、一人街を歩く。

『私の目を覚ましてくれてありがとう。私、貴方と離縁出来て幸せよ。貴方の子供なんて産まなくて良かった。おかげさまで、素敵な旦那様と出会えました』

ゼスティリア侯爵家のパーティでのルエルの姿が、頭から離れない。

「ルエル……可哀想に。まだ僕が忘れられないのに、好きでもない男に嫁いで強がって」

僕には分かるよ。ルエルが無理をしているって、僕には分かるんだ。

ルーフェス公爵様は確かに、地位も金も名誉も持っているかもしれないが、とても冷たい男だと聞く。きっとルエルのことも道具のように扱っているのだろう。

可哀想なルエル。今頃、僕の愛を思い出して泣いているに違いない。

でも、僕はルエルを迎えにいけないよ。

僕にはもう、僕の子供を宿した愛しいエレノアがいる。

ルエルの幸せをずっと祈っているから――だから、ルエルも僕の幸せを、今までの恩を返すと思って、変わらずに祈り続けて欲しい。

◆

数ヶ月後――ルーフェス公爵邸。朝食時。

「今から出掛けるから準備をしろ」

珍しく食卓に私とメトが揃う中、まるで今思い付いたかのように告げられた台詞《セリフ》。

今日？　今から？　私、仕事してるんですけど？

本当にこの人は、いつも勝手に唐突に、予定を決めてくる。

「………分かりました」

私は僅かな反抗のつもりで、沈黙を長めに置いてから了承した。

メトに言われて断れると思います？　断れませんよね。ええ、はい。

たとえどれ程忙しくなろうとも予定を空けますとも。

まだ何をするかも聞いてませんけどね！

「何か文句があるのか？」

「何もありません」

「前回も結局、人をやったから、そこまで忙しくはならなかっただろう」

前回――お茶会の情報を聞くために、フィーリン様の所に行くって言い出した時ですね。

確かに、メトが人をまわしてくれたから、不眠不休で働くハメにはならなかったけど。

でも出来れば前もって理由を話して欲しい。そうしたら素直に了承出来るのに。

メトは本当に素直じゃないんだなって、最近分かってきた。

「ルエル、何か失礼なことを考えているか？」

「いいえ、何も」

笑顔で誤魔化す。

でも本当にどこに行くんだろう？

仕事を休ませるくらいだから大切なことだよね？

まさかまた、誰かが余計な騒動を起こしてます？

私がトドメを刺すまで大人しくしててよね。

「エレノアですか？　マルクス伯爵ですか？　夫人ですか？　それとも――」

とりあえず余計な騒動を起こしそうな人達の名前を出してみたか、メトは首を横に振った。

「あの愚かな一家は関係ない」

なら良かった。喧嘩《けんか》を売ってきたら全力で応戦するけど、今は仕事に集中したいのよね。

マルクス伯爵家のお茶会の後、エレノアは体調を崩したといってクリプト伯爵家に里帰りし、実家で大人しく過ごしているようだ。

元お義母様もあれ以降、抜け殻のように大人しくなったと人づてに聞いた。あれだけ頻回に開いていたお茶会も開かなくなったらしい。

いつまで大人しい態度が続くかは知らないが、今はとても静かで助かっている。

「仕事が順調みたいだな」

「はい。あのお茶会でマルクス伯爵家の評判がガタ落ちして、私を信じる方が増えました」

そう、足踏みしていた、メトから任された事業の業績が段々上向いてきたんですよね！

なかには、申し訳なかったなんて頭を下げて下さる方もいて。

新たな顧客《こきゃく》にも繋がって良い事尽くし！

元お義母様！　お茶会を開いてくれてありがとうございました！

「仕事ぶりを見たところ問題ない、いや、とても優秀だと判断した。ルエルを妻にして正解だ」

「お褒め頂き光栄です」

メトからの評価がなによりも嬉しい。まあ、元義実家よりも格段に労働環境が良いしね。

忙しい時は忙しいけど、それに見合ったお給料を頂けるし、少ないけど休みはあるし、不眠不休で働かなくていいし、部下は従ってくれるし、中途半端に口出しして業務をめちゃくちゃに掻き乱す元お義父様はいないし、こうやって結果を出せば評価してくれるし――

「……よくそんな劣悪《れつあく》な環境で三年も働いたな」

あら。全部声に出てました？

そうですよね。私も今思えば不思議議です。なんであんな人達の為に一生懸命働いていたんだろ。

恋って盲目《もうもく》ね。

「そんな優秀なルエルに、もう一つ新しい事業を任せようと思う」

「はい。お受けします」

考える間もなく返事をする。私が請け負っている事業の業績は安定したし、業務内容的にも余裕がある。何より、忙しいメトの負担を少しでも減らせるなら、断る選択肢はない。

「なんの事業ですか？」

「ルーフェス公爵家の宝石に関わるものだ」

間違いなくルーフェス公爵家にとって重要な事業！

それを、私に任せる？　それって、私を認めてくれたってことだよね？

思いもよらなかった大きな仕事に、胸の中一杯に喜びを感じる。

「採掘事業は変わらず俺が担当するが、販売をルエルに任せたい。これからルーフェス公爵夫人として宝石関連の事業に関わるなら、なんにでも対応出来るよう一通り流れを知っておくのは重要だ。それに伴い、今日から一週間、採掘に同行してもらう」

「はい！　って、一週間⁉　今から一週間ですか⁉」

「そうだ」

そうだではないよね。私にも予定があるんですけど？

休みの日にベール様とフィーリン様、シャインと一緒に遊ぶ予定が！

「安心しろ。断りの連絡を入れてやる」

もしかして、また声に出てました？　うう、折角久しぶりに皆様に会える機会が！

というか、宝石の採掘ってことは……

「私、戦えませんよ⁉」

「そんなことは知っている。誰が戦えと言った。見学してるだけで良い」

宝石が採れる場所には魔物がいる。だからこそ、武芸に長けたルーフェス公爵家が宝石関連の事業を独占している。

「どこに行くんですか？」

「ゲイン鉱山だ」

「ゲイン鉱山って……メトが私の結納金《ゆいのうきん》の一部としてお父様に渡した鉱山ですか？」

メトがお父様に贈った品物の一つが、ゲイン鉱山。

「君の妹の非礼を詫びに来た時に、金銭と一緒に置いていった」

「あの時の鉱山を返却してきたんですか？」

指輪泥棒《どろぼう》未遂事件の謝罪に、お父様から金銭を受け取ったのは知っているけど、鉱山も？

幾らルーフェス公爵家に目をつけられないためとはいえ、お父様が価値のあるものを易々と手放すとは考えにくいのだけど。

「クリプト伯爵に渡した鉱山は、宝石を採掘出来る貴重な鉱山だが魔物が出る。武芸に長《た》けていないクリプト伯爵家が所有していても宝の持ち腐れだからな」

「まさか、初めからそのつもりで、お父様にゲイン鉱山をお渡ししたんですか？」

そう尋ねると、メトは意地悪そうに微笑んだ。

「クリプト伯爵は馬鹿じゃない。ルーフェス公爵家に目を付けられないためなら、自分には価値のない鉱山くらい簡単に差し出す」

むしろ、お父様もメトの意図を理解して、鉱山をお返しになったのでしょうね。私の結納金《ゆいのうきん》として、クリプト伯爵家にとっては全く価値のない鉱山をお渡しするなんて――

「とっても素敵ですメト！」

あんな両親になんで貴重な鉱山まであげないといけないの？　って思ってたから、ナイスな騙し討ちです！　流石メト！　ずる賢い！

「喜んでもらえて何より。では行くぞ」

「はい。かしこまりました」

お皿に残っていた苺を口に放り込み、私はメトの後を追ってダイニングルームを出た。

◇

ルーフェス公爵邸を出て、馬車に揺られること半日――ゲイン鉱山。

「ここがゲイン鉱山」

私は、目の前に広がる景色に良い意味で裏切られた。

私の勝手なイメージで、宝石のとれる鉱山といえば、誰も足を踏み入れない秘境《ひきょう》の山の中にあって、ジメジメした洞窟《どうくつ》で、魔物が至る所にうじゃうじゃいて、息付く暇もないくらい慌ただしくて危険な場所なんだろうなと思っていた。

しかし着いた場所は、山に囲まれてはいるけど、普通に家が並んでいてまるで小さな街のよう。

「ルーフェス様、ルエル様」

馬車を降りた私達に近付き、頭を下げる執事服の男性には見覚えがあった。確か、ゼスティリア侯爵邸にいた執事のワークスさん。どうしてゲイン鉱山に？

「今回、アルファイン様が同行出来ないと通達があり、ゼスティリア様よりルーフェス様の護衛を命じられました」

私の疑問が伝わったのか、ワークスさんは私に答えるよう発言した。

六十代後半くらいに見えるけど、護衛を命じられるって事はワークスさんも戦えるのね。

「今日はお疲れでしょう？　宿の手配をしておきましたので、どうぞ今夜はごゆっくりお休み下さい」

正直、長時間の馬車移動でとても疲れた。このまま宝石の採掘に向かったらどうしようと危惧《きぐ》していたので、ワークスさんの心遣いがとてもありがたい。

心の中でガッツポーズをしたところで、ワークスさんは言葉を続けた。

「——と言いたい所なのですが、一つ、問題が発生しました」

「何があった？」

メトもワークスさんの発言に、眉間《みけん》に皺を寄せながら尋ねた。

私が来る日に限って問題が起きるなんて、ついてない。出来れば大きな問題ではありませんようにと願いながら、私もワークスさんの言葉を待った。

「マルクス伯爵令息——カイン様が同じ宿に宿泊しておられます」

——は？

言葉を受け止めきれなくて、一瞬思考が停止する。予想だにしなかった問題内容。

カイン？　私の元夫の、マルクス伯爵令息のカインが、どうしてここに？

「………何故その男が、ここにいる？」

「宝石の採掘に来たそうです」

え、なんで？

またも、ワークスさんから伝えられる内容に、理解不能過ぎて追い付けない。

「………馬鹿なのか？」

「おそらく」

メトもワークスさんも、突拍子もないカインの行動に甚だ呆れ返っているようだった。

それはそうですよね。どうして、カインが宝石の採掘に来たの？　戦えもしないのに？

いや、そもそもが、ここはお父様からメトに返却された鉱山なのに！

「ゲイン鉱山はルーフェス公爵家の所有になったのですから、マルクス伯爵令息が勝手に宝石を採掘するのは違法では⁉」

「許可を取って頂ければ、宝石の採掘はして頂いても構いません。勿論、採掘した宝石に対して、一定のお金は頂きますが」

いいんだ。

「今は我がルーフェス公爵家が宝石関連の事業を独占しているが、たまに宝石関連の事業に手を出そうとする奴等はいる。そんな者達は、何かあれば我が家に助けてもらおうと、手始めにここ、ゲイン鉱山で採掘を行う者が多い」

ゲイン鉱山には、ルーフェス公爵家の人間が小さな街を作り生活している。

採掘者が予《あらかじ》めルーフェス公爵家に許可を取ることで、こちらも鉱山に入る人間を把握出来、いざと言う時（恩を売るため）に助けることが出来るようにしているらしい。

「別にこちらは宝石関連の事業を独占するつもりはない。勝手に参入すれば良い——が、大半はここで心が折れて諦める」

命懸けで宝石を採掘するのは割りに合わないと感じるらしい。

しかも、本格的に事業を展開するなら、ここではなく、他の宝石を採れる鉱山や海——ルーフェス公爵家がいない場所——即ち、何かあっても誰も助けてくれない場所で採掘をしなくてはならない。ここではルーフェス公爵家が助けてくれたが、次は本当に命を落とすかもしれない。

「今までここに来た奴等は、それでもある程度の戦力があり計画を立てて来ていたが……マルクス伯爵令息は戦えるのか？」

「いえ、全く！」

声を大にして答える。戦えるはずがない！　なんなら、虫一匹も怖がって倒せないくらい弱い！

本人は、可哀想だから殺せないだけだって言い張ってるけど、絶対に嘘！

私には倒させてたもの！　可哀想なら自分で逃がしてよね！

「どうやら、ここがルーフェス公爵家の所有に戻った事も知らなかったようで、無許可で鉱山に入ろうとして、一度騒ぎになりました」

まだお父様の——クリプト伯爵家のものだと思ったわけね。

いや、でもそれって、お父様に確認したら一発で分かりますよね？

まさか、お父様に確認も取らずに来たんですか？　嫁の物は婚家《こんけ》の物ってよく言われてきましたけど、まさか、嫁の実家の物までその考えなんですか？　呆れますね。

「マルクス伯爵令息は誰を連れて来た？　流石に戦えもしない奴等を引き連れて来たわけじゃないだろう？」

「どうやら、マルクス領で腕の立つヤンチャな若者達を集めて来たようです」

ヤンチャな若者達って、それ、ただの素人軍団では……

案の定、ここに来るまでの道中で怪我人が出て、こちらで保護、治療《ちりょう》中らしい。

今、カインの元に残っているのは、ほんの数人。馬鹿なんじゃないの？

「帰らせろ」

「再三申し上げているのですが、カイン様は頑なに首を縦に振らず、残っている周りの者達も、宝石を独占するなんてルーフェス公爵家は卑怯《ひきょう》だ！　と言い張っておりまして」

もう止めて。もう関係ないけど、そんな馬鹿な奴が私の元夫だなんて恥さらしもいいところ！

「…………即刻マルクス伯爵に苦情を入れろ。マルクス伯爵が動かないなら、クリプト伯爵にもだ」

「かしこまりました」

もう無理矢理引きずってでも帰らせて欲しいところなんだけど。

「ルエル」

「はい」

「マルクス伯爵令息と同じ宿に泊まるが、目を合わせず同じ空気も吸うな」

無茶言うな。目は兎も角、空気は難しくない？　ずっと私に息を止めとけと？

「違う宿に泊まる選択肢はないんですか？」

「ゲイン鉱山には宿泊施設が一つしかありませんので……ルエル様の事情は伺っておりますが、カイン様と同じ宿でも大丈夫でしょうか？」

「——私なら大丈夫です」

本当は、全く大丈夫じゃない。嫌で嫌で仕方ない。同じ空間にいるのが苦痛。

だって私は、どうせなら鉱山の中で魔物に襲われてしまえばいいなんて思ってしまうくらい、カインを憎んでるんだから。

でも大丈夫。すぐに考え方を変えました。死んで楽になるのはまだ早い。まだまだ苦しめきれていないもの。貴方から、全てを奪い返していないもの。貴方が私から奪ったもの、全部返してもらわないとね。

ゲイン鉱山、唯一の宿に着くと、早速、中から何やら言い争いをしている声が聞こえてきた。

絶対カイン関係だわ。どれだけ、ここにいる人達に迷惑をかけたら気が済むのか。

「いい加減にしろこの木偶《でく》の坊《ぼう》！　カイン様をいつまでもこんな貧相《ひんそう》な部屋に宿泊させやがって！　さっさと最上級の部屋を用意しろ！」

予想通り、揉め事の原因はカインが連れてきた若者達で、宿屋の従業員に向かって大声で怒鳴りつけていた。

「だから、その部屋は永久に貸出中で、お前等には泊まらせねぇっつってんだろこの糞《くそ》ガキ共！」

従業員も負けじと言い返している。

というか、マルクスの領民の方達は何を言ってるの？　最上級の部屋？

「こちらの宿の最上級のお部屋は、いつルーフェス様が来ても良いように常に空けております」

同じく騒がしい声を聞いていたワークスさんが、私に笑顔で説明してくれる。

こんな意味不明で鬱陶《うっとう》しいであろうクレームを聞いているにもかかわらず、笑顔でいるワークスさんは凄いですね。私はもう、呆れ過ぎて冷たい目しかできません。

要するに、彼等はカインが普通の部屋に通されているのが気に食わないわけね。

「皆、僕は大丈夫だよ」

「カイン様！　しかし！」

後ろで今まで黙っていたカインが、宿屋の従業員に詰め寄っていた若者の肩に手を置きながら笑顔で声を掛けた。いや、もう少し早くお止めになれば？

「ここは冷酷非道《れいこくひどう》なルーフェス公爵に支配されている可哀想な場所なんだ。いずれ、マルクス伯爵家がここを取り戻した時に、彼は僕に対する扱いを後悔するはずだ」

何言ってるんですか？　マルクス伯爵家が取り戻す？

一回もマルクス伯爵家がゲイン鉱山を手にしたことありませんよね？

ゲイン鉱山を手に入れたのはお父様ですから！　クリプト伯爵家です！

嫁の物は婚家《こんけ》の物精神が根底に根付いてますね。

大体、ルーフェス公爵家の領土で、伯爵令息が堂々と公爵様の悪口を言うなんて、馬鹿なの？

「聞くに堪えないな」

メトはそう言うと、言い争いをしている渦中に入った。

「ルーフェス様！」

「ええ⁉　嘘だろ⁉　ルーフェス様っ⁉」

宿屋の従業員は、メトの顔を見た途端、マルクス領の若者達を押し退けて駆け寄った。

「お待ちしておりました！　いやぁ、こちらに直接出向かれるのはお久しぶりですね！」

まさかルーフェス公爵本人がこの場に現れるとは思っていなかったのか、カインとマルクス領の若者達の顔色は一気に真っ青に染まった。

「ルーフェス……様っ！　え、いや、あの、そのっ」

カインに至っては、さっきの発言が聞かれたのではないかとアワアワしている。情けない。

「マルクス伯爵令息。先程何か騒いでいたようだが、俺に言いたい事でも？」

「いえ！　全くありません！　失礼致しました！」

急いで回れ右して部屋に戻るカイン。その後を、慌ててマルクス領の若者達が追いかけた。

「……面倒臭い奴等の相手をさせたな」

「なんのあれしき！　鉱山で相手にする魔物と比べたら、赤子みたいなもんですわ！」

ガッハッハッと豪快《ごうかい》に笑う宿屋の従業員。

私はカインの姿が見えなくなったのを確認してから、宿屋の中に入った。

「おお！　ルーフェス様の奥方ですね、お会い出来て光栄です！　ワシはホリデと申します。ここゲイン鉱山にて宿屋を任されております。時折、鉱山にも入りますがな！」

差し出された左手を、私は握り返した。

「初めまして、ルエル＝ルーフェスです。数日間お世話になります」

「ふむ。感じの良い方で助かります！　いやぁ、さっきの糞《くそ》ガキ共は礼儀《れいぎ》がなってねぇ！　貴族の坊ちゃんの後ろ盾があると思って言いたい放題言いやがって！　あの貴族の坊ちゃんも、止めてるようでこっちを馬鹿にしてるしよぉ」

もうシバいていいですよって内心思いますけどね。

ただ腐っても貴族なんですよね、まだ。

「お疲れでしょう、すぐ部屋に案内しますよ！　いつルーフェス様が来てもいいように、部屋は綺麗にしてますんで！」

ホリデさんはすぐに、この宿一番の部屋に私達を案内した。

最上階にある特別な部屋は他の部屋よりも広く、調度品《ちょうどひん》も多少は良い物だが五つ星ホテルのような華美《かび》さはない。

でもそれは当然。ここは観光地でもなんでもない、ゲイン鉱山。宝石を採掘するための場所。ここに来る人々は旅行ではなく、仕事を目的にしている。なのに部屋の豪華さを気にするなんて。

ここに来るまでに一般客室も覗いたが、別に不衛生でもない、普通の客室。

でもそれが、カイン達には我慢出来なかった。

昔は貧乏だったクセに、ここ三年で贅沢を覚えたものね。

「それで、あの愚息の愚行《ぐこう》の原因は？　何故いきなり宝石事業へ手を伸ばそうと考えた？」

椅子《いす》に腰掛けながら、一緒に部屋に入ったワークスさんに尋ねるメト。

遂にメトがカインを愚息と言い始めた！

「どうやら、ルエル様から引き継いだ事業が上手く立ち行かなくなってきたようですね」

ああ、やっとですか。想像より長く持ちましたね。

「当然だろう。ルエルが嫁《とつ》ぐ前は没落《ぼつらく》寸前の貧乏貴族だったんだ。ルエルを追い出せばそうなる」

それが分からないから、あの人達は愚かなんですよ。

家が立ち直ったのが、私のお陰だとは微塵《みじん》も思っていない。

「その事業回復の足掛かりとして、宝石関連に手を出そうとしているようです」

なんの成功する根拠もなく、新規事業を？

「……もういい。聞くだけ無駄だ」

メトは深いため息を吐きながら話を止めた。

そうですよね、私ももう、マルクス伯爵家の馬鹿で無能なお話はお腹いっぱいです。

「明日は予定通り宝石の採掘に向かう。俺は今から出掛けるから、ルエルはもう休んでいい」

「お仕事ですか？　私も、何かお手伝いを――」

「ここで君に出来ることは何もない。大人しくしていてくれるのが一番役に立つ」

そうかもしれないけど。言い方ね。キツくない？　まぁでも、メトがそう言うなら、お言葉に甘えて大人しく宿で休むことにしましょう。

「宿にはホリデがいるので安全だと思いますが、出来るだけ部屋の外には出ないようお願いします」

「分かりました、ワークスさん」

カインと鉢合わせしたくありませんしね。絶対に出ません。大人しくしています。

部屋を出て行く二人を見送ると、私はベッドに背中から倒れ、天井を見つめた。

色々と疲れた。まさか、こんな所でカインと会うことになるとは思ってもみなかった。

不本意だが、私はカインをよく知っている。

実力もないくせに自信だけはあって、状況判断を正しく行えない人。

私はワークスさんに、マルクス伯爵家に苦情を入れるついでに、カインの置かれた状況も伝えるように進言した。マルクス伯爵夫妻は息子を溺愛してる。このまま宝石の採掘を続ければカイン自身に危険が伴う。そう伝えれば、マルクス夫妻は必ずカインを連れ戻そうとする。

両親の言う事なら、カインは従うはず。

「怪我をした領民は大丈夫かしら……」

カインが何人の領民を連れて来たのかは知らないが、残っているのはたった二人。実力にもよるだろうが、魔物のいる鉱山に潜るには心許ない人数。

普通なら、こんな状態になったからには己の力量不足を痛感《つうかん》し、宝石採掘を諦めて帰るのが定石だが、カインはきっと帰らない。

カインはどうでもいい。でも、巻き込まれた領民達を思うと哀《あわ》れでならない。

「マルクス領まで領民達を送り届けられないか、メトに聞いてみようかな」

領民達が望むならマルクス領まで帰る手筈《てはず》は整えてあげよう。そう、彼等が望むなら。

カインは領民からの信頼は厚い。人当たりが良い上に、領民とも分け隔てなく接し、親身になって話を聞いていたからだ。

横暴な元お義父様と違い、領民にも変わらず優しく接するカインに私は惹かれていた。

「馬鹿な私」

私も騙されていたけど、離れて、気付いた。

カインは優しくて明るくてポジティブで、困っている人がいたら手を差し伸べるような人に見えるが本当は違う。カインはただ、綺麗な言葉を無責任に並べているだけ。

領民の話を聞いたところで、カインは彼等の悩みを解決しようと動いたことはない。

ただ私に全て任せていただけ。

「貴方の領民からの信頼、私に返してもらう」

私は天井に向かって伸ばした手の平を、ギュッと握り締めた。

早くマルクスの領民達の目が覚めますように。

◇

次の日——早朝、ゲイン鉱山の入口。

外の街みたいな様子にも驚いたけど、中も綺麗なのね。ちゃんと道も舗装《ほそう》されてる。奥に進めば、足場が不安定で、魔物がうじゃうじゃいる危険な場所が広がってるみたいだけど。

「ルエルを連れて奥には行かないから安心していい」

「……安心しました」

言い方考えて下さる？　今、役立《やくた》たずって言いましたよね？

ゲイン鉱山に限らず、宝石の採掘は奥深くに行けば行くほど危険度は跳ね上がるが、その分、良質な宝石が採掘出来る。

戦闘力皆無の役立たずの私は、ただ宝石の採掘の一連の流れを見学に来ただけなので、ゲイン鉱山では比較的安全な入り口近くにある採掘場に連れてこられた。

「よよよようこそいらっしゃいました！　ルーフェス様！　ルエル様っ！」

大丈夫ですか？

見るからに緊張しているのが伝わる様子で私達を迎え入れてくれたのは、ここゲイン鉱山の入り口付近の採掘場で働く従業員の一人、ウィークと名乗る、十三、十四歳くらいの青年だった。

「今日は妻に宝石の採掘を見学させたい。俺達のことは気にせず、いつも通りに働け」

「は、はいぃ！」

そんなこと言われても無理ですよね。

メトは普段、宝石の採掘は現場に任せ、ゲイン鉱山含めた数ある宝石の採掘場所の全体的な指揮《しき》をとっている。問題が起きれば現場に出るし、たまに鉱山の様子を視察しているみたいだけど、こんな手前ではなく深部に行く。

比較的安全なこの発掘場は新人が多く配属されている場所。

だから普段、彼等が最高責任者であるメトと関わる機会はまずない。普段来ない最高責任者が現場に来たら、そりゃあ緊張しますよね。

現場の雰囲気は、私にも分かるくらいピリピリしている。

「真面目に仕事しろ。自分の仕事を出来ない者は帰れ、この現場には要らん」

そんな空気の中、メトが冷たい表情、冷たい声色で言葉を発した。

彼の言い方はキツいと思うけど、私は口を出せない。私は素人だし、現場の作業なんて何一つ分からないから口を出す権利がない。それでも……

「あの、メトがいて緊張しただけだと思いますし、クビにするのは――」

「へぇ。ルエルは俺に意見すると？」

そんな立場にないのは分かっているのに、つい口を出してしまった！　言った後に後悔するやつ。

「それに、本当に無能で問題のある奴なら切り捨てるが、別にこの程度でクビにしたりはしない」

「本当ですか？　なら良かったです。安心しました」

それが本当なら、こちらとしても喜ばしい限り！

良かったー、私も多少のミスなら許されるってことだものね！

「――ルエル！」

「！」

ゲイン鉱山に入ってきた人物は、私を見付けるなり、まるで懐かしい友人を見つけた時のように馴れ馴れしく声を掛けた。

「久しぶりだね！　元気にしてた？」

カインは領民の二人を引き連れ、私の前で立ち止まった。

笑顔のカインと違って、彼が連れてきたマルクス領民の二人はきつく私を睨み付けていて、その視線から、彼等が私をどう思っているのかが嫌でも感じ取れる。

私の全ての功績はカイン達に奪われていたし、マルクス領民がカイン達の味方になるのは当然か。

「マルクス伯爵令息、私に話かけないでとお願いしたはずですが？」

「ルエルも宝石の採掘に来たの？」

無視ですか。そうですか。本当に私の事舐《な》めてるんですね。

「マルクス伯爵令息、気安く俺の妻を呼び捨てにしないでもらおう」

腕を組み、射抜くような目つきで戒めるメトと、驚くカイン。

驚くとこじゃないからね。私は貴方と離縁して、貴方達の家よりも爵位の高いルーフェス公爵様の妻になったのだから、きちんと敬って頂かないと。

「あ、でも、俺とルエルは幼馴染なので、大丈夫です。な？　ルエル」

「大丈夫ではありません。不愉快です」

何が大丈夫なのか説明して――いえ、説明して欲しくもない。どうせ意味の分からない理由でしょう。聞くだけ無駄。

私の拒絶に、とても傷付いた表情を浮かべるカイン。カインの傍に控えているマルクス領民の二人は、もっと目力を強くして睨み付けてきた。まるで心の声が聞こえてくるわ。

『散々カイン様にお世話になっておいて裏切っておいて、よくそんな失礼な態度が取れるな。この悪女！』ってところかしら。

「カイン様。本当に天使の宝石の採掘に向かうおつもりですか？」

私に対する態度を見兼ねたワークスさんが、話を逸らすようにカインに尋ねた。

天使の宝石って、これ？　私の左薬指に光る、美しく綺麗な淡い水色の宝石。

天使の宝石は、ルーフェス公爵家の宝石の中でも、滅多に採れない希少価値の高い宝石。

この宝石を採ろうとしたら、それはもう、鉱山の最深部まで行かないといけないんじゃ……

「ああ。狙うのなら、やはり大物じゃないとな」

いやいやいやいやいやいやいやいや！　死にたいの⁉　自ら死にに行くパターン⁉

最深部は、腕利きの戦士や魔法使いでも危険な場所だって聞いてるけど⁉

そこに、ド素人の領民二人と、全く戦えない役立たずの貴方が行くの⁉

「以前にもお伝えしましたが、危険ですよ？　奥に進めば進むほど魔物の数も増え、力も強くなります」

「心配ない。こちらには、頼りになるマルクス領の民達がいるのだからな」

「カイン様！　はい、お任せ下さい！」

いやいやいやいやいやいやいや！

折角ワークスさんが忠告してくれてるのに、なんなんですか⁉　その意味不明な根拠！

「……もう好きにさせろ」

メトは呆れ果て止める気も失せたようだ。ワークスさんも再三お止めしているようだし、ここまで言ってもこちらの忠告を聞かないなら、もう仕方ない。

「必ず天使の宝石を見つけ出してみせるさ。そして、最初に見つけた宝石は、指輪にしてエレノアに贈ろう」

それは出来れば止めて欲しい。私とエレノア、お揃いになるじゃない。

「素晴らしい考えっす、カイン様！　今の奥様であるエレノア様はカイン様に相応しいですし、大切にしやしょう！」

前の奥様である私はカインに相応しくなかったって言いたいの？　奇遇ね、私もそう思うわ。

私はカインみたいな馬鹿な男に相応しくない。

貴方達の言う通り、エレノアこそがカインみたいな男とお似合いよ。

冷めきったこちらとは違い、一通り盛り上がり終えたカイン達は、私達がいる場所を素通りして奥へ進んだ。

「さっきのルーフェス様の部下への態度、聞いたか？　キツいなぁー」

「ああ、ルーフェス様は血も涙もない冷酷非道《れいこくひどう》な男だって話だぜ。いくら地位も金もあっても、あんな男に嫁《とつ》ぐなんて、見る目のない女もいたもんだ」

わざわざ私に聞こえるよう、嫌味ったらしい台詞《セリフ》を残して。

見る目がない？

馬鹿言わないで欲しいわ。メトがどれ程、最強で天才だと思ってるの？

それに私は、本当はメトが優しいのを知ってる。見当違いもいいとこだわ。

「お話には聞いていましたが、本当に頭の悪い方ですね、マルクス伯爵令息は」

満面の笑みで感想を述べるワークスさん。

なんかもう本当にごめんなさい。あんな奴と結婚していた自分が恥ずかしいです。

「放っておけ。どうせすぐに泣き付いてくる」

メトなら本当はカイン達を無理矢理追い出せるんでしょうけど、そこまでしてあげる義理もないし、どうせカインは勝手な解釈《かいしゃく》で、ルーフェス公爵が宝石を独り占めするために自分達を追い返したなんて騒ぎ出す。もう好きにさせよう。

気を取り直して宝石の採掘を見学していると、急にバキッ！　と何かが壊れる音がした。

「うわぁ！」

次に聞こえたのは悲鳴。

視線を向けると、そこには一匹の魔物と、腕から血を出すウィークさんの姿があった。

「ウィークさん！」

「動くな」

駆け寄ろうとする私の腕を掴み、メトが止める。

「どうして⁉　ウィークさん、怪我をしてるのよ？　助けてあげなくちゃ！」

「心意気は立派だが、役立たずが救助に入ったところで余計な被害を生むだけ」

「ならメトが助けに行って！　早く！」

と、言い争いをしている最中にも、体勢を立て直したウィークさんはハンマーを使い、苦戦しながらも魔物を倒した。

「はぁっはぁっ。あ！　ルーフェス様、奥様！　採れました！　宝石です！」

魔物を倒したその足で、血塗れの腕で、宝石片手に駆け寄るウィークさん。私達のもとに来ると、そのまま宝石を差し出した。綺麗な紫の色。

「運が良いです奥様！　これは神秘の宝石って言われていて、中々、入口付近の採掘場では採れないんですよ！」

興奮しているウィークさんの様子からも、希少価値が高い物だとうかがえる。

私もルーフェス公爵夫人として宝石の勉強をしたから、この宝石の価値を知っている。普段ならもっと奥部に行かないと採れないような、貴重な宝石。

「そんな事より、怪我は大丈夫なんですか!?」

だけど、それより何より、怪我の手当が先！

私は差し出された宝石を受け取らずに、怪我をした方の腕に触れ、傷の具合を確認した。血がまだ止まらずにいるのが分かる。

えっと、こういう時は止血？　止血？　どうすればいいの!?

残念ながら、医療に携わった経験は一度もない。どうすれば良いのか分からずオロオロしていると、そんな私の様子をポカンと口を開けて見ていたウィークさんが、ぷっと吹き出した。

「あはは。奥様、大丈夫ですよ！　こんな怪我くらいすぐ治ります！　ここで働いてたら、生傷《なまきず》はしょっちゅうですよ」

「こんな怪我って、こんなに血が出てるのに！」

血が、ウィークさんの腕を持つ私の手にも流れてきて、私の手も服も、血で染まっていく。

「奥様のお召し物がオイラの血で汚れてしまいましたね」

「そんなのどうでも良いです！　それよりも、怪我が――」

服なんて洗えばいい！　血って取れにくいんだっけ？　洗濯するメイドには頭を下げます！

「……はは。ただの平民であるオイラをそんなに心配してくれるなんて、本当に良い人ですね、奥様！　ルーフェス様の結婚相手が、奥様のような素敵な方で良かったです！」

私、別に何もしていないんだけど。だけど、そう言ってもらえるなら、嬉しい。

『ルエル様、カイン様達から仕事の成果を取り上げてるらしいぞ。汚い女だな！』

『本当は毎日遊んでるんでしょう？　なんであんな娘がカイン様のお嫁さんになったの？』

カインと結婚している時、マルクス領での私の評判はとても酷いものだった。

でも、私は何も反論しなかった。それでカインの評価が上がるなら、本当はとても悲しかったけど、聞こえないフリをしていたの。

「奥様？」

「……ありがとうございます、ウィークさん」

どうして私がお礼を言うのか意味が分からないウィークさんは、首を傾げた。

「ワークス。ウィークの怪我の手当を」

「はい。かしこまりました」

メトが指示すると、ワークスさんは魔法を使用し、ウィークさんの怪我を癒した。

流石ゼスティリア侯爵家の執事。回復魔法が使えるんですね！

良かった。これなら傷跡も残らない。

「随分な口の利き方だったな、ルエル」

あ、しまった。焦ってメト相手に命令をしたような——

ダラダラと汗が流れる。

「久しぶりに他人から命令されたよ。俺に命令出来る人間は数少ないからね」

「ごめんなさい！　申し訳ありませんでした！　ウィークさんが危ないと思って、つい！」

必死になって頭を下げようとするが、その頭をメトの手が止めた。

「俺の部下を助けようと思っての行為だから、今回は特別に許してやる」

「ありがとうございます！」

ウィークさんの周りには、心配そうに彼を囲う同僚達の姿。ああ、ここは良い職場なんだなって、それだけで伝わる。

彼が採掘した紫の色をした神秘の宝石は、今、私の手の中にある。改めて、ウィークさんから手渡された神秘の宝石をマジマジと見つめた。とても綺麗。

「宝石の採掘は、ゲイン鉱山だけでなくどこでも危険が伴う」

宝石は鉱山だけでなく海にも眠り、そのどれもが魔物が出没する場所に位置する。宝石を手に入れるのは、とても危険な仕事。

「どの宝石も、ルーフェス公爵家に仕える者達が命をかけて手に入れた物だと理解して欲しい」

「――――はい」

真剣な眼差しで、私に告げる貴方の言葉。メトは、私にそれを伝えたかったからここに連れてきたの？　実際に目にして、感じてもらうために？

「皆様が命懸けで手に入れた宝石は、大切に大切に扱います」

ルーフェス公爵家の宝石の販売を任せるとメトから伝えられた時は、ただ純粋に光栄だと思った。でも今は、責任と重圧に震えてる。

そうだ。私は、皆様が一生懸命手に入れた宝石を、責任を持って販売しなくてはいけない。

「必ず、過去最高の利益を上げてみせます！」

「楽しみにしているよ」

メトはそう言って、微笑みながら私の頬を優しく撫でた。その時……

「――うわぁあああ！　助けてくれ！　はっ、はっ！」

悲鳴を上げながら、血相を変えて鉱山の奥部から走って戻ってくるカイン。

「ルエル！　良かった！　無事に戻ってこれた！」

私の顔を見るなり、カインは安堵《あんど》の息を漏らす。

「……どうされました？　天使の宝石を採掘してくるんじゃありませんでした？」

失敗したのは分かりきってるけど、あえて聞いてあげる。

「それがさ、運悪く魔物が沢山出てさ。囲まれて絶体絶命なところを、急いで逃げてきたんだ」

運悪くじゃないんですよ。奥に進めば進むほど魔物が出ると説明があったでしょう。危険をその身で感じない限り理解しない馬鹿な人ですね。

「――おい」

ガッ！　と、メトがカインの胸倉を乱暴に掴んだ。

「うわぁ!?　ななな、暴力は反対だ！　いくらルエルが僕の無事に感動して、僕への愛を再確認しているとしても、嫉妬《しっと》はよくない！」

誰が貴方なんかへの愛を再確認するか！　そんなの木っ端微塵《みじん》になくなってます！

「お前と一緒に行動していた二人はどうした？」

言われてみたら……いない！　カインしかいない！　領民二人の姿がない！

「ああ、二人は僕のために犠牲になってくれたんだ。本当に、僕は良い民を持った」

悲しげに告げるカインの台詞《セリフ》からは、薄っぺらい気持ちしか伝わってこない。

貴方を信じてついてきた領民を、魔物に囲まれた場所において一人で逃げてきたの？　領民を見捨てたの？　貴方は、本当に悲しんでいるの？

「……腐れ外道《げどう》が！」

そのままカインを突き飛ばすと、メトは鉱山の奥部に通じる道に走り出した。

「メトっ！」

「なななな、なんだよ、なんて乱暴な！　ルーフェス様は噂通りの人なんだな！　なぁルエル、僕、突き飛ばされたせいで怪我を――」

「ワークスさん！　メトを追って下さい！」

カインを無視し、私はワークスさんに縋るようにお願いした。奥部は危険なんでしょう!?　いくらメトでも一人で行くなんて。もし、メトに何かあったら――

「落ち着いて下さいルエル様。ルエル様が行っても、何もお役に立てません」

後を追おうとする私の腕をしっかり掴むワークスさん。

分かってる。私が行っても、どうにもならないことは！　でも――

「ルーフェス様より、私はルエル様を守るよう命令されています。ご理解下さい」

「そんな……命令！」

そんな命令しないで。私より自分を優先してよ。

もし、メトがこのままいなくなってしまったら――もう、メトに会えないの？　そう考えただけで、息が止まりそうなくらい苦しい。

「ルエル様、ご心配には及びません。ルーフェス様は、私達の自慢の主ですから」

「え……」

私の不安とは裏腹に、ワークスさんは何一つ心配していないような、満面の笑みを浮かべた。

◇

あれから一時間は経っただろうか。

ワークスさんは、私に鉱山の外で待つように声を掛けたが、無理を言ってここに残らせてもらった。メトが戻って来るのを待つために。

「なぁルエル。早くここから出て、宿で休もう。もうクタクタだよ」

カインの相手をする余裕もない。ワークスさんはカインにも鉱山の外に出るよう頼んだが、何故かカインはそれを拒み、こうして私にウザ絡みしてくる。

「カイン様。お疲れでしたら宿屋まで人をつけますので、お戻り下さい」

「いや、いい。ルエルをこんな場所に残してはいけないよ。戻るなら、ルエルと一緒だ」

頼むから即刻、視界から消えて。

私の気持ちを理解しているワークスさんは、カインが私に絡む度に声を掛けてくれているが、当のカインは訳の分からない事を言ってこの場に留まる。この繰り返し。

「ルエル、分かったよ。そんなに僕といたいなら、宿屋に戻ってから僕の部屋に来ていいよ」

寝言は寝て言え。

「僕には愛する妻がいるし、気持ちに応えることは出来ないけど、それでも今だけは、僕は君の物になるよ。そう、昔みたいに」

馬鹿にするのも大概にして。本当は冷たく言い捨ててカインから離れたいのに、何も言えない。ここから動けない。

「あんた、いい加減にしろよ！　奥様がルーフェス様を心配してこの場に残ってるのが分かんねーのかよ！」

私がメトを心配してこの場に残っているのは誰が見ても明らかなのに、意味不明な台詞《セリフ》を垂れ流すカインに、今まで黙って聞いていたウィークさんは、とうとう我慢の限界が来たのか怒鳴り散らした。

「聞き耳をたてるのはよくないぞ」

「そっちが勝手に聞こえるように喋ってんだろ！　意味わかんねー気持ち悪いことばっかし言いやがって！　奥様はどう見てもあんたを迷惑がって——ふがっ！」

「ウィーク。気持ちは分かりますが、落ち着きなさい」

ヒートアップしているウィークさんの口を、ワークスさんが塞いで止めた。

「申し訳ありません、カイン様」

「ああ、構わないよ。だが、教育はもう少しきちんとすることをお勧めするよ。主であるルーフェス様の影響か知らないが、すぐに怒鳴り散らすなんて、品がないぞ」

平民に怒鳴られたがカインは気に止めていないようで、苦言は呈《てい》したが簡単に許した。

「ルエル。さ、僕と一緒に宿屋に帰ろう」

私の目の前に差し出された手。

「……鬱陶《うっとう》しいわね」

その手を、勢いよく払い除けた。

私だけにウザ絡みするのはまだ良いけど、ウィークさんやメトまで悪く言うのは許せない。

「ルエル、素直になっていいんだよ？」

「そう？　なら言うわ」

「ああ。ルエルの素直な気持ちをぶつけておいで」

「貴方が大嫌い、吐き気がする、気持ち悪い、視界から消えて」

「へ？」

自分が想像しなかった言葉が並んだからか、カインは首を傾げて、間の抜けた声を出した。

「嘘つきで最低の浮気男。貴方の妻だった過去が、私の人生最大の汚点《おてん》よ」

「ま、待って待って！　どうしたんだいルエル⁉　本心を言っていいんだよ？」

「これが私の本心です！　いい加減ご理解下さい！　私は、もう貴方の事なんてこれっぽっちも好きじゃないんです！」

何回も伝えてるつもりなのに、脳内で自分に都合良く変換して理解しない。

もう我慢ならなかった。

「嘘だ！　だってルエル、君はあんなにも僕を愛していたじゃないか!?　僕だってルエルを愛してた！　今だって、僕はルエルを愛してる！」

気持ち悪い。本気で私がまだ貴方を愛していると思ってるの？

「女がいつまでも別れた男を思い続けてるとでも勘違いしているの？　そんな訳ないでしょう！今の私の夫は、メトです！　私が今愛しているのは、貴方よりも一千倍素敵な私の旦那様です！お願いですから、もう黙っていて下さい。私は、メトが無事に戻ってくるのを待っているんです！」

私の勢いをつけた発言に、ワークスさんもウィークさんも、パチパチと拍手した。

私だけじゃない。皆、メトを待ってる。

もし、メトに何かあったら、私が貴方を魔物の群れに突き飛ばしてあげるから！

「ルエル、ルーフェス様はあんなに魔物が沢山出る場所に、無謀にも一人で向かったんだ。残念だけど、もう戻ってこれないよ。僕は人望があったから戻ってこれた。僕だからこそ無事に戻ってこれたんだ」

自分の特別を強調する貴方の言い分は、領民に愛されていた自分だからこそ、その身を犠牲にして守ってもらったと言いたいの？

「……貴方は、残してきた領民を心配する言葉の一つも言わないのね」

さっきからの貴方の台詞《セリフ》は自分のことばかり。

「もう助からない者達を心配して何になるんだ？　それに、彼等と僕達では命の価値が違う。僕の命を救えたんだから、彼等もきっと天国で満足しているよ。マルクス領に戻ったら、彼等の勇姿《ゆうし》を皆に伝えるよ」

本来は守るべきもののはずなのに、貴方にとって領民の命は羽根よりも軽いのね。無茶な計画を立てなければ初めからこんな事にはならなかった。

もし、領民達が亡くなれば、それは貴方の所為《せい》。

……どうして私は、こんな人が好きだったんだろう。

「ルエル、そんなことよりも――」

「――うるさい、騒ぐな！」

黙り込んだ私の頬に触れようと伸ばすカインの手を、今度はもっと強く叩き落そうとした所で、鉱山の奥部から、怒鳴り声が聞こえた。

その声は、私がずっと待っていた人の声だった。

「ありがとうございやすルーフェス様！　俺達なんかを助けに来て下さって！」

「俺達っ！　あんたの事すっげー冷たい冷酷男《れいこくおとこ》だって言いまわってたのにっ」

「うるさい、耳元で騒ぐな！　落とすぞ！」

心配していたメトは想像よりも元気で、助けに向かったマルクスの領民二人を肩に担ぎ上げ、怒りながら姿を現した。

「メト！」

私と目が合うと、メトは肩に担いでいた二人を地面に落とした。

「いてっ！」

重いマルクスの領民を肩から降ろし、自身の首を揉む仕草をする。

「メト！　大丈夫ですか!?」

私は急いでメトに駆け寄ると、彼の体を確認した。

「怪我したんですか!?　どこ!?　急いで手当てをしましょう！　ワークスさん、早く――」

「落ち着け。怪我なんてしていない。こいつ等の血がついただけだ」

無傷!?　一人で魔物に囲まれた彼等を助けに行って？　それはそれで凄いんだけど！

マルクス領の領民二人も、大怪我を負ってはいるが命に別状はないように見えた。

「……無事で良かった！」

安堵《あんど》で全身から力が抜ける。涙が出そうだったけど、そこはグッと堪えた。

「泣きそうな顔をしているな、ルエル」

「誰の所為《せい》だと思ってるんですか!?　メトが心配させるから！」

もう会えないかもしれないと思った時、目の前が真っ暗になって、立っていられなくなるくらい心が痛くなった。

こんなことになって、自分が思っていたよりもずっとずっと、メトへの気持ちが大きくなっていると気付くなんて……！

「せめて誰か一緒に連れて行って下さい！　何かあったらどうするつもりだったんですか⁉」

「急がないと手遅れになっていたが？　それに、こんな奴等が深部まで進める訳がない。それなら俺一人で十分対処出来る。第一、俺に危険があるなら、ワークスが動くだろう」

ふとワークスさんを見たら、最初から変わらない笑みを浮かべていた。ワークスさんは、メトが無事帰ってくることを最初から疑っていなかった。

「遅いお帰りでしたね、ルーフェス様」

「ああ。こいつ等を運ぶのに時間がかかった。足を怪我して歩けないとか言い出して――」

ギロリとメトが睨み付けると、マルクスの領民は『すんません！』と平謝りした。

本当に、無事に全員が無事に帰って来れて良かった。メトが無事で……良かった。

「ルーフェス様！　僕の領民達に酷いことを言わないで下さい！」

折角感傷に浸っていたのに、何故かカインが、急にメトに向かって大声を発した。

その姿は、冷酷非道《れいこくひどう》なルーフェス公爵から、マルクス領民を守るために必死に声を上げる、頼れる未来の領主の姿に――全く見えない。

「ルーフェス様は人に対しての態度を改めるべきです！　そんな冷たい言い方をしたら、皆が萎縮するのが分からないんですか⁉　だから、領民や部下からの人望がないんです！」

貴方が見捨てた領民達を、メトが助けに行ってくれたのよ？

なのに、その言い草は何？

そんな事を思っていたら、私達ではなく、カインを慕っていたはずのマルクス領民の二人が彼に対して激しく声を上げた。

「うるせぇ、そんな風に言える立場かよ！　俺達を犠牲にして、自分だけ逃げやがったクセに！」

「そうだ！　俺達を魔物の群れに突き飛ばして、振り向きもせずに逃げたじゃねーか！」

「カイン、貴方――！」

二人の口から語られたのは、想像していたよりも遥《はる》かに酷い内容だった。カインは、自分を信じてついてきた領民を置いて逃げただけじゃない。自分が生き残るために、その手で犠牲にしたんだ。

それを、自分に都合の良いように私達に話した。

彼等が望んでカインを守ったんだと、まるでお涙頂戴劇《なみだちょうだいげき》のように。

「マルクス伯爵令息。俺の態度を戒める前に、自分の行いを見直すんだな」

「なっ、なんだよ！　ルーフェス様だって冷酷非道《れいこくひどう》なんて言われてるじゃありませんか！　それなら僕と同じ、僕ばかりを責めるなんて酷い！　ルエル、君は違うよね⁉　君だけは僕を信じて、守ってくれるよね⁉」

縋るように訴える貴方の姿の、なんて醜くて情けないこと。

貴方を信じて守る？　冗談じゃない。

信じて支えてきた私を裏切って捨てたのは、他でもないカインよ。

「貴方を心底軽蔑《けいべつ》します、マルクス伯爵令息」

昔では考えられないくらい冷たい視線を送ると、カインは傷付いた表情を浮かべ、入口に向かって走り去った。

「ルーフェス様、どうされますか？」

「もう好きにさせろ。魔物に襲われたら自業自得だ」

入り口付近に近い採掘場とはいえ魔物は出るのだが、考えなしで走り去ったカインを気にかけるつもりはないらしい。そんなことより――

「ヴェルデさんとサンスさん。怪我は大丈夫ですか？」

魔物に襲われたマルクスの領民の二人は、大怪我を負ってる。こちらの手当てが最優先！

「ワークス」

「かしこまりました」

名前を呼ばれただけだが、ワークスさんにはメトの命令が分かるようで、二人の傍に近寄り回復の魔法を唱えた。優しくて温かい光だ。

「怪我が酷いので、私の回復魔法で治せるのはここまでです」

「はい、ありがとうございます！」

「ところであの、一つ気になることがあるんすけど――ルエル様」

治りきらなかった傷の手当を受けながら、ヴェルデさんとサンスさんは私を見上げた。

「なんで俺達の名前を知っていやがるんですか？」

敬語がおかしくないですか？

「ご存じなのですか？　です」

すかさずワークスさんが、マルクス領民の一人、ヴェルデさんに修正を行う。

「あ、すんません！」

「せめて、すみませんにしましょう。申し訳ございませんが花丸です」

ワークスさん、先生みたい。

「なんで知っていると言われましても……以前、マルクス伯爵令息の妻だった頃、貴方達二人のお願いを叶えた事があるので、覚えていただけです」

「俺達の願い？」

「はい。確かヴェルデさんは、貧しい人でも治療《ちりょう》を受けられるように、無料の診療所を作って欲しいと。サンスさんは、食事をお腹いっぱい食べられるようにして欲しいと要望されましたよね」

苦労したから、とても良く覚えてるわ。

無料の診療所なんて簡単に作れるものでもないし、運営にもお金がかかる。まずは資金を稼いで建物を建てて、税の中から運営費を工面して。週一で炊き出しも行った。

「なんでそれを……だってそれは、カイン様が俺達のために叶えてくれた願いで――」

「あの人はすぐ安請《やす》け合いするものね。叶えるこっちとしては、中々に大変でしたよ」

カインはね、口先だけは、とても理想的な発言をするの。

『俺に任せろ』『俺が全て叶えてみせる』『俺が守る』『俺は君を愛してる』

その言葉に深い意味なんてない。責任も持たない。

ただ、その場の流れで、自分に都合の良い言葉を選んで発言してるだけ。

「無料の診療所も炊き出しも、『こんなお願いをされちゃったよ。後はよろしくね、ルエル』で、あの人はお終いですよ」

「そんなっ！　だってルエル様は、本当は仕事してなくて、カイン様達の手柄を横取りしてただけだって！」

「いい加減目ぇ覚ませよ。どう考えたって、あいつの虚言だろ」

私の言葉に狼狽《うろた》えるヴェルデさんとサンスさんに、ウィークさんは問答無用に、真実の言葉を突き刺した。

「す――申し訳ありませんでした！　ルエル様！」

深く頭を下げ、土下座する二人に、私は慌てて頭を上げるようにお願いした。

「私もあの当時は否定していませんでしたし、誤解していても仕方ありません。大丈夫ですよ」

「ありがとうございます！　ルエル様っ！」

それに、私は貴方達を責められない。私だって、カインの言葉に騙された一人だもの。

『ルエル、僕はルエルを愛してるよ』

嘘つき。本当は、私を愛してなんかいなかったくせに。

「あんな奴に騙される方が悪い」

問答無用に突き刺すメトの言葉は、ヴェルデさんとサンスさんに向けたものだったが、私にもしっかりと突き刺さった。

結構ダメージ受けますね。あんな奴に簡単に騙されてごめんなさい。

◇

「――メト」

怪我人であるヴェルデさんとサンテさんを手分けして外に運び出している最中、私はメトの腕を掴んで袖を捲った。

「やっぱり」

メトの腕には赤紫の打撲痕《だぼくこん》があった。

「たいしたことない」

「怪我は怪我です！　隠さないでちゃんと言って下さい！」

皆に心配かけたくなかったんでしょうけど、隠される方が心配になります！　でも、確かにこれならワークスさんの回復魔法ですぐ治りそう。

「……良く分かったな」

「そりゃあ、貴方の妻ですし」

まだ短い期間だけど、一緒に暮らしてずっと傍にいるし、観察しているもの。

「……そう」

私は皆に心配かけさせたくないメトの気持ちを汲み、こっそりとワークスさんを呼び寄せた。

◇

色々とあったが、ゲイン鉱山での宝石の採掘が終わり、私は一人、宿屋に戻った。

メトとワークスさんはまだ仕事があるからと出掛け、ヴェルデさんとサンスさんは、あのまま診療所に運ばれた。

「綺麗な宝石」

私の手には、ウィークさんが採掘した神秘の宝石。これが加工され、装飾品に生まれ変わる。私はこのルーフェス公爵家の宝石を、責任を持って販売しなくてはいけない。

「今でもルーフェス公爵家の宝石は人気だけど」

なんせライバルがいないのだ。このまま何もしなくても、売上は変わらず順調だろうけど、私はメトに過去最高の利益をあげると大口を叩いてしまった。

「ルーフェス公爵家の宝石の良さを全面的に売り出して、購買意欲を高めなくちゃ」

皆さんが命を懸けて採掘してくれた宝石を粗末《そまつ》に扱う事は出来ない。採掘を見学して改めて、私の頭の中は、新しく任された宝石事業の事でいっぱいになった。

帰ったら早速、新しい装飾品のデザインを考えて、企画を作って会議して宣伝して、やる事がいっぱい。

そうだ、メトに丸投げされた新しい部下もいるから、教育担当も考えなきゃ。

思い付いた事を新品のノートに無造作に書き残す。

せっかく仕事が落ち着いてきたのに、また忙しくなる。暫《しばら》くは残業続きになるかも。

「うん、頑張ろう」

マルクス伯爵家で働いていた時は、ただただ無心に馬車馬のように働いていただけだったけど、今は嫌な気はしない。寧《むし》ろ、やり甲斐があると感じてしまうのだから不思議だった。

◇

それから二日間、私は引き続きゲイン鉱山の宝石採掘の見学を行った。

魔物が出たり、またメトが部下に厳しい発言をしたりと色々あったが、それでも初日に比べれば穏やかに時間は過ぎた。

理由は明白。何故ならこの二日間、自分を守ってくれる人が一人もいなくなったカインは、一度も鉱山の中に足を踏み入れなかったから。

言いたいことがあるのだろう。何度か宿屋で待ち伏せはされたが、私はカインを無視し続けた。もう、貴方と話すことはなにもない。

それに私の元に来る暇はあるのに、カインは一度も怪我を負ったマルクス領民には会いに行っていない。

「今日、マルクス伯爵愚息が帰る」

ゲイン鉱山に来て五日目の朝、メトは一枚の手紙を私に手渡した。

息子を溺愛するマルクス伯爵夫婦は、こちらの思惑通りカインを連れ戻すように動いたようだ。もう色々やらかした後だけどね。

「マルクス伯爵に雇われた護衛が来て、ついさっき奴を連れて帰った」

それはそれは、ホリデさんも喜んだでしょう。食事が貧相《ひんそう》だとか、枕が固くて眠れないとか、虫が多くて嫌だとか、文句が多いから早く帰れ！　ってずっと言っていましたもんね。

「あと例の件だが、ルエルが予想していた通りの展開だ」

「そうですか」

「マルクス伯爵家は本物の屑《クズ》だと、日に日に痛感《つうかん》させてくれるよ」

メトは深く深く、溜め息を吐いた。

◆

ゲイン鉱山――診療所。

「やぁ、皆」

「カイン様！」

マルクス伯爵家に雇われた護衛を引き連れて、カインは初めて診療所に足を踏み入れた。

「怪我の具合はどうだい？　大丈夫かな？」

ゲイン鉱山への道中に怪我を負い、ずっと診療所にいたマルクス領民達は、カインの訪問を喜んで迎え入れたが、ヴェルデとサンスは冷めた表情を浮かべる。

「そうか、良かった。今日は皆に、お別れを言いに来たんだ」

「お別れですか？」

「ああ。僕は今日、マルクス領に戻るんだ」

領民達は、ベッド上で戸惑いの色を見せた。

「えっと、お仕事の都合ですか？　なら、俺達はいつ戻れますか？　怪我が治る頃にまた迎えに来てくれるんですよね？」

「いや、それは出来ないよ」

「なら、僕達も今から帰るんですか？　まだ上手く歩けないんですけど、馬車でなら――」

「いや、帰るのは僕だけだ」

「は？」

笑顔のまま淡々と告げるカインの言葉に、マルクスの領民達は首を捻《ひね》った。

「馬車は一台しかないし、見ての通り護衛も多く雇えなかったから、僕一人で精一杯らしい」

「え？　え？」

マルクス伯爵家がゲイン鉱山に送り込んだ護衛は、たった二人だけ。二人で、カイン含む領民全員を守ることは出来ない。

そもそも、マルクス伯爵家はカイン以外のことを一切考えていない。

カイン以外がどうなろうと構わないのだから。

「そんなっ！　俺達は、カイン様のためにここまでついてきたのに！」

「うん、ありがとう。君達の勇気と忠誠心《ちゅうせいしん》にはとても感謝してる。でも君達は僕の役に立てなかった。期待していたから、とても残念だったよ」

「仕方ないじゃないですか！　僕達は戦いの経験はないんですよ!?　それでも、一生懸命カイン様をお守りしたのに！」

「結果が出せなければ意味がないんだ。安心して、マルクス領に戻ったら、君達の失敗談ではなく勇姿《ゆうし》を皆に伝えるよ」

それはそれはカインに都合の良いように。

「では、元気で」

「――カイン様」

そのまま立ち去ろうとするカインを、ヴェルデとサンスが呼び止めた。

「カイン様は俺達の名前、知ってんすか？」

「名前？」

カインは一度も、領民達の名前を呼んだ事がなかったから、答えは聞かなくても分かっていた。

でも、それでも聞いてみたくなった。自分達が命を懸けて守っていた主が、どの程度自分達のことを知ってくれているのかを確認したい。

ほんの少しでも、自分達を気にかけてくれているんじゃないかと、一縷《いちる》の望みをかけて――

「いや、知らない」

カインは少しも迷う素振りも見せずに、そう答えた。

カインが去った後、ヴェルデとサンスを除くマルクスの領民達は、まるで魂が抜けたように呆然としていた。分け隔てなく気さくに話し、困り事があれば解決してくれて、自分達の無茶なお願いも叶えてくれる。そんなカインだからこそ、信じてここまでついてきたのに。

ヴェルデとサンスは、ゲイン鉱山から戻ってすぐにカインの本性を話したが、皆は信じなかった。

こうして自分達が見捨てられて初めて、カインの本性に気付いたのだ。

「そんな、俺達、これからどうすれば……」

◆

絶望に打ちひしがれている領民達の会話を、私は病室の外からこっそりと聞いていた。

――ああ、やっぱりこうなったわ。

マルクス伯爵家が、たかが領民達に配慮《はいりょ》するはずがない。それは、マルクス伯爵令息の嫁として三年間過ごしたルエルには分かり切った事だった。

きっとカインは良い機会だと思ったでしょうね。

ここに領民達を置いていけば、自分がしでかしたことを上手く隠せる。自分の命可愛さに領民の命を犠牲にしたなんてバレたら、評判を下げることになるもの。

ここに来たばかりの頃、私はカインに巻き込まれた領民達を哀《あわ》れに思って護衛と馬車を手配した。

彼等が望むなら、無事にマルクス領まで帰れるようにと。

でも結局、彼等は私の提案を断り、カインを信じてここに留まる選択をした。

マルクス領ではカインが正義で、私は悪女として知られている。

カインを信じてここまでついてきた領民達が私の手を借りるとは思わなかったけど……やはり、彼等のために準備したものは無駄になってしまった。

でも私にとって——それすらも計算の内だった。

マルクス領民の皆様の目が早く覚めるようにするために、彼の本性を知り、私への誤解を解いてもらうために、私はあえて、断られると分かって最初に護衛を手配したのだ。

「ヴェルデさん、サンスさん。マルクス伯爵令息はもう帰りました？」

「ルエル様！」

私は何食わぬ顔で、病室に顔を出した。

まるで今、この場に来たかのように。

「ルエル様！　本当に申し訳ございません！　俺達——」

「カジさん、怪我をしてるんだから体を動かしたら駄目よ。セイルさんも頭を上げて下さい」

一人一人、私は彼等の名前を呼んだ。

そうすることで、カインと私の差をハッキリとさせるために。

「俺達の名前を覚えて下さってるんですか⁉」

「勿論。貴方達の願いを叶えたのは私だし。大切な元領民の名前ですもの。忘れるはずありません」

特に、ここにいる貴方達のお願いは、大変だったのが多いから良く覚えているんですよね。

「そんな、俺達、こんなに良くしてくれていたルエル様を、今まで酷く言っていたのか……」

落ち込まないで。それはいいの。だって、私も否定せずに受け入れてたんだから。だから、気に病まなくても大丈夫よ。

マルクスの領民からの信頼は今から全て、私に返してもらうから。

「皆様がマルクス領に帰れるよう、馬車や護衛の手配は済んでいます」

「ええ!? そんなっ！ 俺達、あんなに酷く断ったのに！」

「お気になさらないで下さい。ただ、まだ怪我が治りきっていませんし、こちらでゆっくりしてから帰り下さい。ここの治療《ちりょう》費は私が払います」

「そんなご迷惑をおかけするわけには！」

マルクスの領民の皆さん。本当に遠慮しなくて大丈夫ですよ。カインに騙された貴方達を哀《あわ》れに思って手を差し伸べているのも確かだけど、これは、とても利己的な行動なの。

私は全てを許す女神《めがみ》のように優しい姿を、あえてマルクス領に戻る皆様に植え付けた。

マルクス領に戻った際には、是非、他の皆様にこの事をお話して下さいね。

カインはきっと、貴方達が戻らない間に、貴方達との旅やお別れを自分に都合のいい感動話として語っているでしょう。そこに、張本人達が帰ってきたらどうなるかしら？

カインのついた都合のいい嘘が、全部バレてしまうかもしれませんね。そうしたら——今まで元お義父様、お義母様、そしてカインが流した、私の悪評が見事に晴れると思いませんか？

◇

話を終え診療所を出ると、私は外で待っていたメトと合流した。

「上手くいったようだね」

「はい、メトが護衛と馬車の手配をしてくれたお陰です。ありがとうございます」

皆さんは泣きながら私に感謝の言葉を告げ、今までの非礼を謝罪してくれた。

昔の私が、ほんの少し救われた気がした。

「順調に復讐を進めているようで何より」

きっとマルクス領に戻れば、彼等はカインにされた仕打ちの数々を領民の皆様に話すだろう。そうすれば、カインが私から奪った領民達の信頼は地に落ちる。

直接苦しむ顔が見れないのは残念だけど、それはまた別の機会にとっておく事にするわ。

「俺達も予定通り明日帰る。ヴェルデとサンスは怪我が治り次第、君に合流させる」

「……はい」

そう、ヴェルデとサンスはメトに仕えたいと言い出し、ひょんなことから私の部下になったのだ。……まずはおかしな敬語の修正からか。

「不服そうだな」

「いえ、問題ございません」

ルーフェス公爵様のご要望とあらば、なんなりと。

でもね、絶対あの二人は私方面の仕事に向いてないと思う。どちらかといえば、荒事《あらごと》――メト方面の仕事の方が向いてると、私は思うのですが。

「礼儀作法《れいぎさほう》は壊滅的《かいめつてき》だが、戦いにおいては筋が良い。鍛えればそれなりに役に立つ」

「え……メト、ヴェルデさん達に、役立たずって言ってましたよね」

二人が雇って欲しいとお願いした時、メトは『戦闘も敬語もろくに使えない役立たずを雇うほど、俺は優しくない』と言って拒否し、私に彼等を押し付――任せた。

「今は役立たずだ。言っておくが、初めから二人を君に押し付けるつもりだったとしても、俺は将来性が欠片もない者は雇わない」

助けに行った際、劣勢《れっせい》ながらも必死に戦う姿を見て、メトは二人の才能を感じ取ったらしい。

「わざわざ才能ある者を捨てるなんて、マルクス伯爵愚息は人を見る目もないいな」

顔が良い人は、悪く微笑む姿も格好良いですね。

「あの、それなら、私じゃなくてメトのところにいた方が良いと思うんですけど」

私がメトから任されたのは宝石の販売で、魔物にかかわる事はない。

何故それで私に二人を押し付けた？

才能があるなら、余計に開花させてあげた方が良いと思うんだけど。

「君に仕えている彼等の姿を見て、あの馬鹿な男がどんな顔をするか、見物《みもの》だと思わないか？」

「！」

「捨てた人間の価値を知らしめるためにも、しっかりと二人の教育をすると良い。どんな者も、上に立つ人間次第で化ける可能性があるとな」

ヴェルデさんとサンスさんを、役に立たないからと簡単に捨てたカイン。

「メトは私以上に、カインが嫌がる方法を理解していますね」

そんな二人を拾い、立派に役に立つ人間として育てあげる。

立派に育った二人を見てカインはどう思うかしら？

手放さなければ良かったと後悔するかしら？

でも残念。貴方みたいなぼんくらな主の元にいても、彼等は成長しない。

「暫《しばら》くは顔も見たくありませんが、次にカインと会う時が楽しみです」

矛盾《むじゅん》する言葉だけど、これは本心。会いたくないけど、不幸に染まる貴方の顔は見たいの。

だって私の幸せは、貴方達が不幸になる事だもの。

私の味わった絶望を、どうぞ、その身で噛み締めて下さいね。

◆

——一か月後、マルクル邸。

カインは、新聞に大きく載っているとある記事を読んでいた。

『ルーフェス公爵夫人ルエル様。ルーフェス公爵の宝石の販売事業を任される。女性特有のアイデアや丁寧な対応で売り上げを伸ばす』

「くそ！　本当なら、この新聞に載っていたのは僕だったはずなのに！」

カインは顔を歪めながら、新聞をぐしゃぐしゃに丸めた。

ルエルがいなくなってから何もかもが上手くいかない。

ルエルから引き継いだ事業の業績は落ちる一方だし、他の貴族からの視線は冷たいし、父様は機嫌が悪いし、母様は元気ないし、エレノアは実家に帰っているし、こんなはずじゃなかった。

僕は伯爵家の一人息子として産まれ、立派な父様の跡を継ぐためにずっと努力を続けてきた。

地位もお金もあって性格も優しくて仕事も出来る僕は、全てが完璧。

でも、そんな僕にもたった一つだけ汚点《おてん》があった。

それが、妻のルエルだった。彼女は、僕の妻として不出来だった。

だから彼女と離縁し、エレノアと再婚した。エレノアは可愛いし甘え上手だし、一緒にいて楽しい。クリプト伯爵家からも大切にされ、僕との子供を宿し、父様や母様との関係も良好。

ルエルじゃなくて、エレノアこそが僕の妻に相応しい。

唯一の汚点《おてん》を消したんだから、僕の人生にはこれから輝かしい未来しか待っていないはずなのに、現実は思い通りに動かない。

ルエルの載った新聞を乱雑にゴミ箱に捨て、僕は椅子《いす》に腰掛けた。

ルエルから仕事を引き継いだが、基本、部下に任せて座ってるだけでいいんだから、簡単で楽なものだ。こんな簡単な仕事を任されたくらいであんなに疲れた顔をしていたなんて、ルエルは本当に大袈裟だな。きっとルーフェス公爵家でも、ただ座ってふんぞり返っているだけなんだろう。

もしかしたらルーフェス様も今頃、ルエルがハズレ嫁だと気付いたかもしれない。

「そうだ！　そろそろ領民に顔を見せにでも行こうかな」

マルクス領の民達は、皆、僕を信頼し、僕が顔を出すと歓迎してくれるから気分が良くなる。こんな悲しい気分の時にはうってつけだ。仕事の合間にわざわざ時間を作り、たかが領民と話をしてあげるとは、なんて僕は民思いなんだろう。

きっと僕は民に愛される素晴らしい領主になれる。今は少し上手くいってないけど、時間が経てば全てが上手くいくようになるさ。僕は完璧だからね。

——領民達が多く集まる大通り。

ここを歩いていれば、買い物に訪れた民やお店の店員が立場の違いも考えず、いつも馴れ馴れしく声を掛けてくる。いつもの様に軽快な足取りで大通りを歩く——

「？」

が、半分過ぎても誰も話し掛けてこない。

それどころか、誰も僕と目も合わそうとしない。

おかしいな。一か月前、僕が無事にゲイン鉱山から戻って来た時は、皆、涙を流して僕の帰還《きかん》を喜んでくれていたのに。何かがおかしい。

「あっれー、カイン様じゃないですか！」

「――っ！」

息を飲んだ。そこにはゲイン鉱山で身代わりにした領民達がいたのだから。

何故だ？　何故こいつ等が、ここにいるんだ？　どうやってマルクス領に戻って来た？

護衛や馬車を用意する金なんてなかったはずなのに！

「顔色悪いッスよー。なぁ、サンス」

「ああ、ヴェルデ。まるで幽霊《ゆうれい》でも見たような顔してらぁ」

怪我がすっかり完治した二人は、しっかりと両足で地面に立ってカインの前に現れた。

「喜んでくれないんスか？」

「っいや、勿論嬉しいに決まってるじゃないか！　よく戻ってきてくれたね！」

「本当ッスか？　俺達をゲイン鉱山に置き去りにしたのに？」

「いや、それは、違うんだ……」

何も良い言い訳が思いつかなくて、言葉に詰まる。

「他の皆も全員戻ってきてますよ。ルエル様の温情でね」

「ルエルの⁉」

「ええ。カイン様に代わって馬車と護衛の手配をしてくれて、治療《ちりょう》費まで支払ってくれました」

余計なことを！　何故、こんな役に立たない平民相手に金をかけた⁉

怪我を負った人間を魔物の出る危険な場所に平気で置き去りに出来るカインには、ルエルが彼等に手を差し伸べた理由が全く理解出来なかった。

「で？　なんか俺等のことすっげー良い感じに伝えてたらしいじゃん」

ケタケタと笑い声を上げるヴェルデとサンスと違い、カインの表情は真っ青だった。

カインはマルクス領に戻ってすぐに、領民達に今回のゲイン鉱山での出来事を話した。

道中も魔物が多く襲われて大変だったが、皆で協力し、無事にゲイン鉱山まで辿り着いたこと。

だが、ルーフェス様とルエルの妨害のせいで宝石を採掘出来なかったこと。その際に、ルーフェス様に魔物の群れに突き飛ばされた僕を助けるために、皆が犠牲になったこと。

全て、カインの都合の良い捏造《ねつぞう》だった。

「ま、待て！　誤解だ！　僕はただ、君達の名誉のために嘘をついたんだ！！」

「ざけんな！」

ヴェルデもサンスも怒鳴った。

「何が俺達のためだ！　全部てめぇの都合の良いように話してるだけじゃねーか！」

「ルーフェス様やルエル様を悪く言いやがって、ぜってぇ許さねぇ！」

無事にマルクス領に戻ってきたヴェルデ達は、カインがここに来るまでの間に、領民達に全てをぶちまけていた。カインの嘘に気付いた領民達が向けるのは、昨日までの温かい眼差しではなく、冷ややかな視線。

「っ！　たかが平民如きが、伯爵位を引き継ぐ僕に向かって暴言を吐くなんて、無礼《ぶれい》だぞ！」

「うっせぇ！　もういーんだよ！　俺等はここを出て行くからな！」

ヴェルデとサンスの背中には大量の荷物を詰め込んだ鞄。

「今日は荷物を取って、皆に真実を話しに来ただけだ。俺達は、今日からルーフェス公爵家にお世話になる」

「な、なんでお前達みたいな役立たずが、ルーフェス公爵家に……」

「俺達が願い出たんだよ！　言っとくけどな！　今回は本気で命を懸けて、ルーフェス様とルエル様に尽くすつもりだ！　ルーフェス様は、てめぇなんかと違って素晴らしいお方だからな！」

そう言うと、ヴェルデとサンスは荷物を持って背中を向けた。

「じゃーな！　この口先だけの無能上司！」

最後の捨て台詞《セリフ》は、カインの顔も見ずに吐き捨てた。

「あ、いや、違うんだ皆！　皆なら信じてくれるよな？　あの二人が嘘をついてるんだ！」

残されたカインは、周りに集まっていた領民達に向かって弁解《べんかい》するように言葉を並べた。

「きっとルーフェス様やルエルに金でも渡されて、僕を貶《おとし》めようとしてるに違いない！」

カインはマルクス領を統治するマルクス伯爵の令息だ。マルクス領でこれからも暮らす領民は彼に歯向かうことは出来ない。

だから、領民達は黙った。

なんの反応もせず目線も合わせず、ただ彼をいないものとして扱い離れていった。

おかしい。こんなはずじゃなかった。ルエルがいなくなってから全てがおかしい。

どうしてだ？　唯一の汚点《おてん》だったハズレ嫁を捨てたんだから、これからは輝かしい未来しか待っていないはずだったのに！

現実は事業も上手くいかず、領民からの信頼も失った。

「なんでだ」

頭を抱え原因を考えるも、カインには答えが分からなかった。

「きっと、ルーフェス様のせいだ！　僕は悪くない、僕は悪くないんだ！」

自分自身の身勝手な振る舞いが原因だとは、微塵《みじん》も思っていないのだから——

第六章　結婚式

——ルーフェス公爵邸。

「うぉぉおおおおお!?　止めろ！　止めてくれ！」

ルーフェス公爵邸にある広い庭。なんのためにこんな広い庭があるのかと思っていたら、こうやって鍛錬《たんれん》するためのものだったんですね。

マルクス伯爵邸にある豪華絢爛《ごうかけんらん》な庭とは違い、ただただ広い何もない庭。

そんな庭でラットにコテンパンに叩きのめされているのは、新しくルーフェス公爵家に仕える身になった、ヴェルデとサンスだった。

「あはは！　元気いーなぁ！　よーし！　もう一丁行くか！」

「止めろ止めろマジで！　いや、止めて下さいラット様！　死ぬ！　マジで死ぬから！」

悲痛の叫びを音楽にして、私は広い庭に用意したテーブルと椅子《いす》で、友人であるベール様とお茶とお菓子を楽しんでいた。

「このお菓子、とても美味しいですわ、ルエル様」

「喜んで頂けて光栄です、ベール様」

男達と相反して、和やかな雰囲気でお茶を楽しむ。

「ルエル様！　ラット様を止めて下さいよ！　このままじゃマジで俺等死ぬって！」

「『このままでは私達が死んでしまうので、稽古《けいこ》を止めるようラット様にお願いして下さい』ですわ。全然、言葉遣いがなっておりませんわね。もっとしごかれていらっしゃい」

「そんな殺生《せっしょう》な！　ベール様ぁ！」

私に代わって彼等に返事したベール様は、二人の悲痛な叫びを無視して、私とのにこやかな会話を続けた。

凄い、悲鳴に慣れてる！　流石ゼスティリア侯爵家のご令嬢！

それに、ワークスさんと同じくベール様も、二人の言葉遣いを逐一注意して下さるから助かる。

一旦、荷物を取りにマルクス領に戻った二人は、私の思惑通り、洗いざらいカインの本性を領民にぶちまけたそうだ。その時のカインは、面白いくらい真っ青な顔で取り乱していたらしい。

いいなぁ。私も是非、目の前で見たかった。

「もう、無理だ。立てねぇ！」

「……死ぬ……」

そこからルーフェス公爵邸に来た二人は、メトの宣言通り、教育係にラットをつけられて、スパルタ訓練を嫌になるほど受けている最中。地面にキスするように倒れ、肩で息をする二人。

私も運動は得意じゃないから、すっごい辛そうなのは見ていて分かるのだけど。

「そんなに簡単に人は死にませんから、大丈夫ですわ」

「そうそう！　限界超えてからが勝負だよな！」

ベール様もラットも容赦《ようしゃ》ない！

「お、これ美味そー！　もーらい！」

地面に倒れ込んだ二人を他所《よそ》に、同じように体を動かしていたラットはピンピンしていて、テーブルに置いてあったお菓子を取るとパクっと口に入れた。

「まぁ。お行儀の悪いこと」

「固いこと言うなって」

ベール様とラットは、幼い頃からの顔見知りだからかとても仲が良い。

「ところでルエル様、まだ始めて間もないのに、もう宝石事業の業績を上げていらっしゃるのでしょう？　素晴らしいですわ」

「はい、ありがとうございます」

新聞の一面欄を大きく飾るくらいの成果は上げることが出来ました。

これは、私の汚名《おめい》が払拭されたのが大きい。なんせマルクス伯爵家もエレノアも、お茶会やゲイン鉱山の件で大分評判を落としたからね。それと反比例して、私を信じて下さる方が増えたのだ。根も葉もない悪評をばらまかれた時には、本っ当に鬱陶《うっとう》しかったですが、こうなるとルーフェス公爵家の宝石の良い宣伝にもなったので、良い気味。

でもまぁ、借金返済にはまだまだ程遠い。

「流石ルエル様ですわ」

「お褒め頂き光栄です、ベール様」

直接こうやって仕事の成果を褒められるのは嬉しいけど、未だに慣れない。

それだけ私にとって全て奪われるのが当たり前になっていたから。

「そういえば、エレノア様がもう少しで出産だと伺いましたわ」

「みたいですね」

律儀《りちぎ》にエレノアから届く、毎月の妊娠生活を記した手紙。

『悪阻《つわり》が大変だーお腹が重くて動きづらいー胸が張って痛い！　でも、子供と会えるのが楽しみだから頑張れる！』からの、『ルエルお姉様には一生理解出来ない感情ですよね？』なんて私を嘲笑《あざわら》うような文章がズラリ。

ずっと無視していたけど臨月《りんげつ》になっても届くので、もうそろそろ出産に集中しなさいとだけ返事をした。里帰り出産で実家にいるみたいだし、どうせお母様に甘やかされて過ごしているのでしょうね。

「あのお茶会以降、友人がすっかり離れてしまったそうで、お暇なのでしょう。私にもエレノア様から手紙が届きましたが、生憎《あいにく》手が滑ってしまって、ビリビリに破り捨ててしまいましたわ」

「あいつ等もほんと懲りねーよな。相変わらずルエルが悪いとかほざいて、今ではメトの事まで悪く言ってるらしいぜ」

そう、あのゲイン鉱山での出来事以降、メトまで攻撃のターゲットにされてしまった。

「ルーフェス公爵様の悪口を言いふらすなんて、命知らずもいいとこですわね。どこの馬鹿なの？」

「マルクス伯爵とその妻と息子！」

ゲーム感覚でベール様の質問の答えを述べるラット。

そう、よりにもよってメトにも喧嘩《けんか》を売るなんて、本当に愚かで浅はかな行動。

一パーセントだって勝てる可能性はないのに、自ら進んで墓穴《ぼけつ》を掘り過ぎでしょう。

なんで私がトドメを刺すまで大人しく出来ないのかしら？

「ルーフェス公爵家に喧嘩《けんか》を売るなんて——ルエル様はエレノア様の出産が終われば、やられたらやり返すのでしょう？」

「はい。もうすぐ私とメトの結婚式ですから、それに合わせて復讐の準備を進めています」

「あら。いいですわね」

私達は契約結婚だけど、だからこそ、結婚式は盛大に執り行うと二人で決めた。

メトは彼に言い寄る女の虫除《むしょ》けのために。

そして私は、私の幸せな姿をクリプト伯爵家《生家》とマルクス伯爵家《元義実家》に見せつけるために。

貴女達は、私が幸せになるのが許せないものね？

わざわざ離縁した一年後に結婚式を合わせたのよ。一年前と違う私の幸せな姿を、どうぞその目に焼きつけて下さい。実際、勝手に離縁届を出されていたから、本当の日付は分からないけど。

「楽しみだな、ルエルとメトの結婚式！」

事情を全て知ってるはずのラットが一番、私達の結婚式を純粋に喜んでいるように見えるのは、私の気の所為《せい》かしら。

「ル、ルエル様！　お水を……下さい！」

回復——してないですね。地面を這いつくばって、なんとかこちらまで来たヴェルデとサンスは、私に向かって手を伸ばしながら水を求めた。

「情けないですわね」

ベール様が二人に冷たく言葉をかけている間に、グラスに水を注ぐ。

「俺等はちょっと前までふっつーの一般人だったんだぜ!?　そりゃあ無理——ふぐっ！」

「敬語を使いなさいませ」

二人の顔面目掛けて魔法をぶつけるベール様。スパルタですね。

「で、でも！　ラット様も全然、敬語使えてねーじゃないですか！」

「俺は使おうと思ったら使えるぜ」

「ラットと貴方達では身分も違うでしょう。こう見えて彼はアルファイン侯爵令息ですわ。まぁ、メト様にまで馴れ馴れしい口調で話しているのは気になりますけど、メト様が許可されているなら大目に見ますわ」

「こう見えてってのが少し気になるんだけどなー」

明るくて元気で気さくでお喋りな方なので、話易いからでしょうか、すみません。私も気を抜いたらラットが侯爵令息であることを忘れてしまいます。

「大丈夫？　無理しないでね」

ヴェルデとサンスに水を手渡すと、二人は一気に飲み干した。

ちなみに本人達の希望もあり、ルーフェス公爵家に仕える身になった時点で、私は彼等に対する呼び名も口調も砕けたものに変えた。

「ありがとうございますルエル様！　うう、俺達に優しくしてくれるのはルエル様だけッス！　こんなに優しいルエル様に、俺達は酷い誤解をして、冷たい態度をしていたなんて！」

いや、皆様がスパルタなだけだと思いますが。

ヴェルデとサンスは、こうして私が優しくするたびに、私に対して行った過去の所業について後悔と懺悔《ざんげ》の言葉を並べる。私にも悪いところがあったので、もう気にしなくていいんですよ？

フィーリン様の情報によると、マルクス領でのカインの評判は地にまで落ちたらしい。

同時に元お義父様の評価も落ちたみたいだし、いい気味。

『ルエルちゃんのよからぬ噂も、全部マルクス伯爵家のついた嘘だったって分かってくれてるみたいよー、本当に良かったわー』と、まるで自分の事のように嬉しそうに伝えてくれたフィーリン様に、また泣いてしまいそうになったのは内緒です。

ベール様をお見送りし自室に戻ると、私は結婚式の準備に取り掛かった。

招待状はもう送ったけど、ウェディングドレス、食事、ケーキ、その他諸々。まだまだやることは山積みだし、私の個人的な準備もある。

「やっぱりこっちの宝石の方が目立つかな。それとも、こっちの方が可愛くて目を引くかしら」

私の目の前にズラリと並ぶのは、どれも一級品ばかりを揃えた、ルーフェス公爵家自慢の宝石達。

私の結婚式の目的は、二つある。

一つ目は、私を裏切った者達への復讐――先程のベール様との会話でもあったように、こちらは順調に準備が進んでいて、今、私に出来ることはない。

二つ目は、ルーフェス公爵家の宝石の大々的な宣伝――新聞に掲載されるくらい、宝石事業は順調に進んでいる。進んでいるけど、まだ足りない！

誰からの婚姻も断り一生結婚しないいんじゃないかと言われていたルーフェス公爵様と、不本意ながらも何かとスキャンダルのあった私の結婚式！　注目度は抜群！

ここで素晴らしい宝石を使った装飾品を身につければ、皆様の購買意欲は爆上がりするハズ！

そのためにも、それはそれは素晴らしい宝石達を用意しました！

メトからもらった指輪は勿論、ティアラやネックレス、イヤリングにブレスレット。男性用の装飾品もご用意しました！

なにせメトは顔が良いから、こんなに良い広告塔は他にいません。

「ルエル、ウィークがまたゲイン鉱山で掘り出し物の宝石を当てた」

仕事終わり、結婚式の準備の進捗状況を確認するために訪れたメトが、綺麗なピンクに輝く宝石を私に手渡した。

「またですか!?」

「ああ、その他にも各地からぞくぞくと届いている」

ルーフェス公爵であるメトの結婚式。

ルーフェス公爵の名に恥じない相応しい宝石を用意する必要があると、各地の採掘場所から、次々と送られる宝石達。聞くところによると、敬愛するルーフェス公爵様に、自分達こそが一番素晴らしい宝石を献上《けんじょう》してみせる！　と躍起《やっき》になった皆さんが、寝る間も惜しんで採掘に取り組んでいるらしい。

宣伝のためにも質の良い宝石は望んでいましたけど、大丈夫ですか？　いつもの倍以上の採掘量なんですけど。

「普段からこれだけ採掘出来ていれば、文句ないんだがな」

「皆さんを過労死させる気ですか？」

「冗談だ」

結婚式の準備は、仕事が忙しすぎるメトに代わって、基本、私がしている。

勿論私も忙しいから、結婚式の準備をしつつ今までの仕事に宝石の事業を任された当初は、久しぶりに寝不足になったけど、なんとか乗り越えた。

メトはそんな私よりも遥《はる》かに忙しい。基本、帰りは深夜だし、休んで遊びに行ってる姿なんて見たことない。

「出席者の交通と宿泊の手配は全て終わらせた。あと、いまだにマルクス夫妻の言うことを真に受けて式を妨害しようとしてきた馬鹿共には、懇切丁寧に余計な真似をしないよう釘を刺しておいた」

具体的に何をしたのか気になるところですが、私は空気を読んで華麗《かれい》にスルーしますよ。

今日もまだ仕事途中なのに、こうやって忙しい合間をぬって様子を見に来てくれるし、面倒な厄介事も引き受けてくれるし、打ち合わせにも来てくれる。

きっとカインとの結婚式なら、こうはいかなかった。

全ての準備を私に丸投げして、美味しいところだけ持っていく。

本当に、私なんかには勿体ないくらい、メトはとても素敵な旦那様だと思う。

「他に何か気になることはあるか？」

「……いいえ。大丈夫です」

「なんだ？　気になることがあるなら言え」

仕事を抜け出してきたから時間があまりないのか、時計を気にしながら尋ねるメト。

「いいえ。特に何もな――」

「早く言え」

否定しているのに追及が止まらない。どうして？　私、何かあるって分かりやすい？

メトは忙しいのに、それでも仕事の合間を見て協力してくれる。そんなメトにこれ以上、私の個人的な悩みを伝えたくない。

「あの、言ってもどうにもならないんです。大したことでもありませんし」

「早く言え」

全く引いてくれない！　これ、聞かないと帰らないやつかしら。私が言わないからメトもイライラしてるし……言いたくなかったけど、もう、伝えるしかない。

「き――」

「き？」

「緊張、しています」

自分でも驚くくらい、小さくて消え入りそうな声が出た。

言ったあとに、やっぱりこんな情けないこと言わなきゃ良かった！　なんて思って、聞こえていませんようにと願ったけど、メトの耳にはしっかり届いていたみたい。

驚いたように目を丸くして、こっちを見てる。

「……何を緊張する必要がある」

「あ、ありますよ！　結婚式ですよ⁉　結婚式！　大勢の人の前に立つんですよ⁉　主役ですよ⁉　緊張するに決まってるじゃないですか！」

ルーフェス公爵様であるメトのお嫁さんですよ⁉　注目の的だし、招待客の人数も半端なかったし、救いは、皇帝陛下が公務の都合で欠席なだけ！

「君は普段、仕事で大勢の人間を動かしているだろう」

「それとこれとは別なんです！」

「何が違う？　皇帝陛下が参列するならまだしも、あとはただ人数が多いだけだ。ルエルならなんの問題もなく式を進められるだろう」

「そんな保証ないじゃないですか！　指輪を落としたらどうしよう？　とか、緊張で変な歩き方しちゃったらどうしよう？　とか、変な話し方しちゃったらどうしよう？　とか、もう、頭がいっぱいなんです！」

もう後戻りは出来ないので、思い切って、思いの丈をメトにぶつける。

だから伝えたくなかったんです！

言ったってどうしようもないもの！　私の心の持ちようなんですから！

「失敗すればいいだろ。それくらい、別にどうとでもなる」

「ならないんです！　完璧にしたいんです！」

まるで我儘《わがまま》娘みたいに駄々《だだ》をこねる私。

分かっています！　こんなこと言ってもメトが困るだけなのは！　こんな解決出来ない悩みをメトにぶつけるのは間違ってるんです！

でも、平然と結婚式の準備を進める貴方が羨ましい。私はこんなに緊張してるのに！

「鬱陶《うっとう》しいな」

うっ、そうですよね。私、鬱陶《うっとう》しいですよね。

「契約結婚として花嫁を務めあげる。自分の幸せな姿を、自分を裏切った奴等に見せつける。そう言って結婚式をすると同意したのは君だ。復讐を途中で止めるのか？」

「まさか、絶対に止めません」

私は、私を酷く裏切ったあの二人を、私から全てを奪ってきたあの人達を、絶対に許さない。あの人達に対するこのドス黒い感情があるから、どれだけ辛くても立ち止まらずに進んでいけた。

そう、この感情があれば、結婚式も緊張なんてせずただ淡々と進められる。

私にとってこの結婚式は形だけのもの。

あの人達に私の幸せな姿を見せつけるための、復讐のための結婚式。

「つい先月、『結婚式でルーフェス公爵家の宝石の大々的な宣伝がしたいです！』」と俺に提案してきた奴の発言とは思えないね」

「あの時はまだ、仕事で頭がいっぱいでして」

「仕事では責任ある立場で堂々と振舞っているクセに、なんの違いがある？　この結婚式は君にとって、ただの復讐と仕事の場だろう」

そうですよ。幸せいっぱいの偽物の花嫁を演じる。

ただそれだけ。そう、思っていたのに――

「それが……その、仕事とか復讐とは別に、その……」

「ハッキリ言え」

「……結婚式は初めてなので……その、楽しみで……緊張しています」

「――は？」

結婚式の準備を進めるうちに、仕事や復讐とは別の感情が生まれた。

「契約結婚という事は勿論、理解してるんですけど、その、仕事とか復讐の一環だけとしては捉えられなくなってしまって……あ、勿論、メトの妻として立派に振舞おうって気持ちはありますし、私の生家や元義家族に復讐したい気持ちは変わっていませんよ!?　でもその、なんと言うか……」

契約結婚で、偽物の結婚式だって分かってるのに、準備を進めるうちに、本当に結婚式を挙げるんだって実感した。

皆がおめでとうと声をかけてくれて、祝福してくれるのが嬉しかった。

カインとの時は違う。

彼とは結婚式なんて挙げなかったし、結婚自体も誰にも祝ってもらえなかった。

でも今回は、沢山の人が祝ってくれる。

自然と、結婚式の準備に熱が入った。皆が祝福してくれる結婚式を成功させたい！　なんて今までとは違う、自分の綺麗な感情。仕事で大勢の前に立つのはなんとも思わないのに、仕事や復讐だけじゃなくなったら、途端に緊張し始めた。

仕事も復讐もずっと頭にあるけれど、そこに生まれた新しい感情。

結婚式を成功させたい――他の誰でもない、メトとの結婚式を。

「メトとの結婚式が……楽しみで……ずっと、ドキドキしてるんです」

一生懸命準備した結婚式が待ち遠しくて、でも緊張する。

私にも分からない、こんなチグハグな感情を、貴方に言っても仕方ないでしょう？

「――何故急に可愛くなる」

「かっ可愛い!?　どうして!?」

また冷たい言葉を投げ掛けられると思っていたのに、予想だにしない言葉が聞こえて、何故かドギマギする。

可愛いなんて言われたことない。可愛いは、全てエレノアに向けられる言葉だった。

カインだって、私じゃなくて、いつもエレノアを可愛いと言った。分かってる。私よりも絶対にエレノアの方が可愛い。産まれた時から決まってたの。分かってる。

でも、どうして？　何故だか、聞いてみたくなった。

「……それは、エレノアよりも？」

「勿論。ルエルの方が遥《はる》かに可愛い」

目眩がするくらい、嬉しい。貴方にそう言って貰えたことが、どうしてこんなに嬉しいの？

「……ルエル、俺は、君が好きだよ」

今、メトはなんて言った？　なんだか理解できない言葉を発しいた気がする。

混乱しつつも、近付いてきた唇を、私は避けずにそのまま受け入れた。

「おーい、メト！　そろそろ出発の時間だぞ、仕事だぞ！　遅れるぞ！　どこにいんだぁー？」

扉の向こう、メトを捜し回っているラットの声が聞こえて、ハッ！　と現実に戻された。

「っ！　メト！」

「……あいつ、あとでボコボコにしてやる」

唇を離したメトは、不機嫌な顔で物騒《ぶっそう》な台詞《セリフ》を吐きながら、私から体を離した。

「……あ……」

温もりがなくなったのが寂しくて、自然と漏れた声。

あれ？

ラットが探してるんだし、メトは仕事なんだから離れるのは当然だって分かってるのに！

すぐに漏れた声に気付いて、私はバッと口を押さえたが遅かった。

「へぇ。結婚式なんて面倒だと思ってたけど、ルエルが素直になるならするものだね」

「違います！」

「何が違うのかはまた今度ゆっくり聞かせてもらうとするよ。じゃあね」

メトが出て行き、パタンと扉が閉まったところで、私はその場に崩れ落ちた。

二回目！　いや、一回目は虫除《むしょ》けとしての役割として、仕事の一環として受け止めましたけど、今回は違いますよね!?　私の部屋だし！　二人っきりだったし！　長かったし！

私も嫌がらなかった。キスを受け入れた。

『ルエル、俺は、君が好きだよ』

本気……なの？　本気で、メトが、私を好き？　嘘じゃなくて？

もう誰も好きにならない。好きになれない。

「……っ！　あれだけ……傷付いたのに……」

もう誰も好きになりたくない。好きになってまた裏切られるのは嫌。あんな風に傷付くのは、もう嫌。怖い！　そう、思っていたのに――

「私は好きじゃない！　好きじゃない、はずなのに……」

せっかくカインやエレノアから離れたのに、誰かを新しく好きになることすら、こんなに苦しい。ずっと頭の中に残ってる裏切りが、貴方達の裏切りが、ずっとずっと私を苦しめている。

メトは二人とは違うって分かっているのに、それでも苦しさが付きまとう。

「おーいルエル！　いるかー？」

「は、はい！」

しばらく放心していたが、ラットの声が聞こえたので、私は慌てて立ち上がり扉を開けた。

「なぁ聞いてくれよ！　メトめっちゃ機嫌悪くてさ！　仕事に遅れそうだからって探してた俺の頭をいきなり殴ったんだぜ⁉」

「ひ、酷いですね！」

「酷いよなー！　まぁ別にいいけど。と、ほらこれ」

動揺を悟られないように同意するも、ちょっと声が裏返ってしまったが、ラットは気付いていない。勘が鋭くなくて助かる。

ラットは私の反応に満足し、笑顔で一通の茶色の大きめの封筒を手渡した。受け取った封筒は中身がパンパンに詰まっていて、重さがあった。

「なぁなぁ、それなんだ？　差出人、フィーリンからだろ？」

フィーリン様から私宛に届いた封筒らしい。

急かすようなラットの言葉を聞き流しつつ、私は封を開け、中から一枚の書類を取り出した。

「流石フィーリン様、完璧です」

確認した書類の内容は私が望んでいた通りのもので、思わずほくそ笑んでしまった。

「悪い顔してんな」

「そう？　復讐が上手く進みそうだから、嬉しくて」

「へー良かったじゃん！　おっと。そうだ、あと、ついさっきエレノアが出産したらしいぜ」

「……そうですか。それは、良かったですね」

きっと今頃、エレノアもカインも、お母様も、元お義母様もお義父様も、待望の子供の誕生にさぞかし喜んでいることでしょう。

『ルエルと離縁して良かった』『子供を産む喜びを味わえないなんて、ルエルお姉様は可哀想』『可愛いエレノアに似て可愛い孫ね』『ハズレ嫁と結婚していたから、三年も時間を無駄にした』なんて、私の悪口が聞こえてきそうです。

ああ、でも本当に無事に子供が産まれて良かった。あの人達のことは心底嫌いだけど、子供に罪はないと思っていたから。

これでしっかり、結婚式に向けて復讐が進められます。

「ラット。今からお手紙を書くので、クリプト伯爵家とマルクス伯爵家に届けてくれませんか？」

「手紙？　別にいいけど。何を書くんだ？」

「慰謝料《いしゃりょう》の請求ですよ」

エレノアは今、里帰り出産でクリプト伯爵家にいるらしいから丁度良い。お父様の目にも留まるよう、お父様が在宅中に届くようにしないとね。

「フィーリン様に調べてもらっていたんです。カインとエレノアが、いつから不貞《ふてい》を働いていたか。カインと私の離縁届がいつ提出されたか」

私とカインの離縁届は、勝手に捏造《ねつぞう》され提出された。

彼等は私とカインの離縁後に交際を始めたと主張しているけど、私はいつ離縁したのかも分からなかった。だから私はフィーリン様に頼んで、私とカインの離縁届が出された日と、カインとエレノアが関係を始めた日を調べてもらった。

封筒に入っていた写真を乱雑に机の上に出す。綺麗に着飾ったエレノアと格好良く身なりを整えたカインが親密そうに腕を組み歩いている姿や、首に手を回し口付けをしている写真があった。

私との離縁届を出す前にパーティに二人で出席して、ご丁寧に証拠を残してくれていて助かるわ。

フィーリン様によると、二人は交際を隠す様子もなく周囲には既に離縁したと嘘をついていたらしい。馬鹿な人達、どうせ捏造《ねつぞう》した離縁届を出すなら、それまで待てば良かったのに。

「こんなにたくさん証拠が集まるなんて、あの人達は相当、私を舐《な》めてたのね」

どうせルエル《わたし》には何も出来ないと思ったのでしょう。

だって私は、貴女達の手で三十歳も歳の離れた暴力男に嫁がされるところだったんだもの。

厄介者の私を追い出して、私以外で幸せに暮らすなんて、そんなこと絶対に許してあげない。

「二人には不貞《ふてい》の慰謝料《いしゃりょう》と、根も葉もない噂で名誉を傷付けられた分の慰謝料《いしゃりょう》も請求します。本当は、勝手に離縁届を出された分と、結婚時の仕事の対価と、元お義母様とお義父様から受けた暴言についても慰謝料《いしゃりょう》を頂きたいところですけど」

暴言については残念ながら証拠がない。今の私なら間違いなく証拠を残すけど、あの時はカインと離縁するなんて思ってもなかったし、全て受け入れていた私が悪い。

勝手に出された離縁届も本当なら罪に問われるんでしょうけど、結果的に離縁出来て良かったので、これも見逃してあげます。

でも、不貞《ふてい》と噂を流した責任はとってもらう。

私の嘘の悪評なんて流さなければ不貞《ふてい》の慰謝料《いしゃりょう》だけで済んだのに、余計な真似をして自らの首を絞めるなんて、本当に馬鹿で救いようのない人達。

「さて、これで私の事実無根の汚名《おめい》は完全に晴れますね」

本当ならもっと早く晴らせたのに、わざわざエレノアの出産が終わるのを待ってあげたの。お腹の子に何かあったら可哀想だものね。私、子供は大好きだから。

私に全ての罪を押し付けて、自分達は楽しく幸せに暮らしたかったんでしょうけど、残念。

嘘は上手につかなきゃ。嘘をつけばつくほど、真実が明るみになった時、貴女達はダメージを受ける。嘘つきで最低な家族。

それが、貴女達に与えられる新しい名称。

初めから負ける気はしなかったけどね。だって、私が真実だもの。

簡単に慰謝料《いしゃりょう》を請求する旨を書き終えた手紙を封筒に入れる。

「証拠を突き付けられて、慰謝料《いしゃりょう》を請求されるあの人達の顔は見物《みもの》でしょうね」

残念ながら直接は見られないけれど、結婚式で会うのを楽しみにしていますね。

私の妹夫妻として、きちんと結婚式に招待していますから。

「俺が見てきてやるよ。ついでに、ベールにもマルクス夫妻に慰謝料《いしゃりょう》を請求したって言ってきてやる。ベールならきっと、色々な人にお喋りしてくれると思うぜ」

「それはありがたいお話ですね」

「んじゃ、ちょっくら行ってくるわ！」

私から手紙を受け取ったラットは、そのまま部屋を出て走りだした。

正式な請求書もあとで送らないとね。

ああ、確かメトが、いまだにマルクス夫妻の言い分を信じてる馬鹿共がいるとかおっしゃっていましたね。その方々にもきちんと真実を知って頂かなくてはいけませんから、早速、お手紙を書きましょう。

手紙に同封する不貞《ふてい》の証拠になる写真を選ぶと、私はまた筆を取った。今度はゆっくりと、丁寧に。相手の罪悪感を誘うように、ちゃんと文章を考えないと。

そのまま真剣に手紙に向き合っていると、ふと、今の自分が緊張していない事に気付いた。

さっきまで結婚式の事を考えると緊張してたのに。不思議。

今は全く緊張してないし、復讐の事しか頭にない。

ありがとう。貴方達への復讐を思い出したおかげで緊張が解けたみたい。

やっぱり私は、仕事や憎悪《ぞうお》があれば緊張しませんね。

さぁ、結婚式に向けて、復讐の準備をしましょう。

これでまた、貴女達の苦しむ顔が見れると思うとワクワクするわ。楽しみにしていてね？

◆

――クリプト伯爵邸。

「なんだ、これは……不貞《ふてい》の慰謝料《いしゃりょう》⁉　名誉毀損《めいよきそん》だと⁉」

ラットが手紙を届けたことで、クリプト伯爵であるルエルの父親が直接、ルエルの書いた手紙を受け取った。

中身を確認したクリプト伯爵はワナワナと怒りで手が震えていて、その様子を見たラットは、ルエルの父親は多くの事を知らなかったのではないかと感じた。

「ご覧の通り、クリプト伯爵の次女でマルクス伯爵令息の妻であるエレノア様は、カイン様がルエル様と離縁する前から交際をしており、それを隠蔽《いんぺい》し、あろう事かルエル様の男遊びが原因で離縁したと嘘をつき、周りに広めました」

他にも、ルエルに身に覚えのない噂を流し、彼女を傷付ける発言を繰り返したことを告げる。

証拠として、フィーリン様のもとに送られた二つの手紙も見せた。

「一つはマルクス伯爵の字で、もう一つは――」

手紙を読みながら、クリプト伯爵は怒りに満ちた表情を浮かべた。

「ルーフェス公爵夫人であるルエル様は大変傷付いておいでです。賢明な判断を願います」

ラットは頭を下げずにその場を去った。

無礼《ぶれい》な態度だが、クリプト伯爵は何も言わなかった。ラットの元の身分もあるが、彼の心の中は、それどころではなかったからだ。

◆

三ヶ月後——ルーフェス公爵邸。

慰謝料《いしゃりょう》の請求書を送り付けてから三ヶ月。

エレノアからの慰謝料《いしゃりょう》の支払いは迅速《じんそく》だった。エレノアはまだ出産を終えたばかりで動けなかっただろうし、多分、お父様が手を回したんだと思う。

カインの方も、請求書を送り付けてから一ヶ月以内には慰謝料《いしゃりょう》が支払われた。

思ったより早かったというのが感想だった。

なんせ、前回ベール様——ゼスティリア侯爵家が抗議した時もお父様は迅速《じんそく》に対応されたけど、元義実家は酷いもので、再三抗議してやっと謝罪の言葉が手紙で一言届いたくらいだから。

「クリプト伯爵がマルクス伯爵とその愚息に対して注意勧告を行ったらしい。ルーフェス公爵《おれ》をこれ以上怒らせるなとね」

「それで今回はこんなに動きが早いんですね」

エレノアが嫁いでからなんだかんだ、クリプト伯爵家はマルクス伯爵家に援助を行っているはず。可愛い可愛い娘《エレノア》の嫁ぎ先だもの。私と違ってお母様が放っておくわけがない。

マルクス伯爵家の事業が上手くいっていない今、継続して援助を続けてもらうためにも、お父様を怒らせる訳にはいかないものね。

「メト。以前まで私を汚いものを見るような目で見ていた貴族の方から、丁寧に謝罪と、プレゼントを頂きました。本当に反省されているようなので許そうと思います。それと、こちらのイヤリングなのですが、ピンクの宝石がいいと思いますか？　それとも、赤？　紫？　青？　もうすぐ結婚式なので、それまでに確定しないと」

もうあと一週間で結婚式ですからね、そろそろ大詰めです。

最近はもっぱらどの宝石を使うか考えながらも、私への謝罪に訪れた方への対応や手紙の返信、通常の仕事もありますし、忙しい！

「やっぱり赤でしょうか？　それとも可愛らしくピンクでいくべきでしょうか？」

「……あっという間に普段通りに戻ったな」

「どうされましたか？」

「いや、別に」

何か言いたげですが、本人が言いたくないならスルーしましょう。忙しいですしね。

「と、言いますか。メトの方がお忙しいでしょう？　無理して付き合わなくていいんですよ？」

「問題ない」

私達が今いるのはルーフェス公爵邸の応接室。もうすぐ来客が到着する時間なので、私もそろそろ、出していた装飾品をケースにしまわないと。

今日、ここには、お父様が謝罪に訪れる。

以前ゼスティリア侯爵家の抗議を受けた際も、お父様はメトと私に直接謝罪するために訪れた。

なので今回もまた、メトに目をつけられないように謝罪に来るのだろう。

常識のある貴族なら、これが普通。そもそも喧嘩《けんか》を売らないのが当たり前なんだけど、それでも失礼なことをしてしまったら、即謝罪しなければならない相手、それがメトなのに、元義実家は本当に何もしない。

そりゃあ貧乏になるよ。没落《ぼつらく》するよ。早く爵位を皇帝陛下にお返しした方が領民のためだと思う。

なんなら、私がその領地を貰いましょうか？　なんてね。

慰謝料《いしゃりょう》の請求書を送り付けてすぐにお父様は謝罪に訪れようとしたけど、今回、こんなに謝罪が遅くなったのはこちらの都合によるもの。あえて、結婚式間近に呼び出した。

「ルーフェス様、ルエル様。クリプト伯爵がお見えになりました」

よそ行きのラットを見るのは不思議な感覚ですね。ヴェルデとサンスに見せてあげたい。

普段のおチャラけた態度とは違い、かしこまってお父様を応接室に案内するラット。

「……お母様」

以前と同じくお父様だけかと思ったら、後ろからお母様も現れたのには驚いた。

不機嫌そうな顔で、お父様に見えないようにこちらを睨み付けるお母様。

そんなに私がお嫌いですか？　私も、お母様の実の子供なんですけどね。

「この度は出来の悪い娘、エレノアの度重なる非礼、本当に申し訳ありませんでした」

深く深く頭を下げるお父様とお母様。その前方で、ソファに座り冷たく二人を睨み付けるメト。

「本当に謝罪する気があるんですか？　クリプト伯爵夫人は入ってくるなり、俺の妻を睨み付けていたようだが？」

「い、いえ！　そんな事は――」

慌てたように否定するお母様。

そりゃあ見えますよ。メト、私の隣にいるんですよ？　バレますって。

「本当は不出来な娘も謝罪に来させるべきなのですが、エレノアは体調が優れないと言っておりまして……落ち着いたら来させますので、お許し頂ければ――」

「エレノアをルーフェス公爵邸に招くつもりはありません」

どうせ反省なんてしていないだろうし、ややこしい事になるのは目に見えてる。それに、エレノアにはルーフェス公爵邸に一歩も足を踏み入れて欲しくない。

チラリとお母様を覗き見ると、誰とも目を合わせないように俯《うつむ》いていた。

お母様はお父様には従順《じゅうじゅん》で逆らわない。

きっとこのまま静かに過ごせば、この時間が終わると思ってるんでしょうけど甘いわ。私はわざわざ飛び込んできたお母様を無傷で帰すほど、優しくないの。

「エレノアは、自分の何が悪いかも理解していないような、救いようのない愚かな妹です」

「っ！」

わざとお母様の癇《かん》に障《さわ》るような発言をすると、お母様は思惑通りに俯《うつむ》いていた顔を上げ私を睨み付けた。

「妹が私に何をしてきたか、知っていますかお父様？　あの子は、私の物を全て奪って生きてきた、がめつくて汚くて可哀想な子なんです。友人だって一人では作れなくて、私の友人を奪おうとしたんですよ？　結局、彼女は妹の底意地の悪さを見抜いて友人になりませんでしたけど、一人で友達も作れないなんて、情けないと思いません？」

私も友達がいないので、誰が言うかって感じですけどね！　ベール様が初めてです！

でも、これは事実。初めての、たった一人の友人ですら、エレノアは私から奪おうとした。

「挙げ句、私の夫まで奪うなんて、エレノアは節操《せっそう》のない泥棒猫《どろぼうねこ》みたいな女で――」

「止めなさいルエル！」

私の言葉を遮り、大声を上げるお母様。

「あら、どうされましたお母様。まだ話の途中ですが」

「黙りなさい！　あんたみたいな可愛くもない、女として欠陥品《けっかんひん》が、私の可愛いエレノアちゃんを悪く言うなんて恥知らず！　無礼《ぶれい》よ！」

「そんな……酷いです、お母様……」

お母様の言葉に傷付いたフリをして、私は手で顔を隠した。

「……クリプト伯爵夫人は一切反省しておられないようだな」

「お前――早く謝罪しなさい！」

「あ、違っ！」

メトやお父様に睨まれたじろぐお母様の姿に、私は誰にも気付かれないようにほくそ笑んだ。

「も、申し訳ありませんでした、ルーフェス様」

「謝る相手が違うだろう」

「……っ。申し訳ありません……ルエル」

屈辱に顔を歪めながら、私に頭を下げるお母様。いい気味。

家では偉そうにしていたけど、お母様は外では物静かで内向的。私と違って外で働いたこともないお母様は、お父様に見捨てられたら生きていけない。

哀《あわ》れなお母様。お母様が甘やかしてきたから、あんな性格のねじ曲がった女にエレノアは育ってしまったんですよ。

「顔を上げて下さいお母様。私は気にしていませんわ」

これくらいで凹んでたら、あの家で過ごせていません。お母様の言葉で傷付くのは、幼少期で終了したんです。貴女にはもう何も期待していない。

「重ね重ね本当に申し訳ございません、ルーフェス様、ルエル」

母に次いで、父も謝罪する。

「お父様は、エレノアの不貞《ふてい》にお気付きになっていなかったのですか？」

「ああ。エレノアからは、ルエルとカインが離縁してから交際を始めたと聞いていた」

やっぱりね。お父様は家の醜聞《しゅうぶん》を気にする方。不貞《ふてい》を働いたエレノアとカインの結婚を簡単に認めるなんて、おかしいと思った。

でも、お父様はなんの疑問も持たず、それを信じて、私の新しい結婚相手をエレノアに言われるまま手配した。出戻りの娘は体裁《ていさい》が悪いからと――家のことしか考えていないお父様らしい。

「ルエルとエレノア、双方の噂は耳には入っていた。薄々、何かがおかしいと思い、妻を問いただしたことがあったが、妻はエレノアがそんなことをするはずがないと答えた」

「それはおかしいですね。お母様はエレノアが不貞《ふてい》を働いたことも、私の悪評を流していたこともご存じだったはずですが」

「し、知らないわ！」

慌てて否定するお母様の顔色は悪くて、隣のお父様の様子を必死にうかがってる。

でも残念。私が言うまでもなく、多分お父様はお母様がエレノアに加担して私の悪い噂を流したことを知ってる。

前回、お父様はお母様を連れてこなかった。お母様を連れてきたところで、なんの役にも立たないのは明白ですものね。それどころか、私の言動に唆《そそのか》されてこうして場を乱す。

でも、そんなお母様を今回は連れてきた。

お父様はラットに渡された手紙を読んでお気付きになられたんでしょうね。

「フィーリン様に送った手紙に書いてあったじゃないですか。お母様が書いたものですよね？　筆跡がお母様のものと一致しました」

「なっ！」

筆跡鑑定なんて、フィーリン様のお力で初めて知りました。

流石はルーフェス公爵家の情報屋。

「ち、違うわ！　確かに貴方の噂のことは書いたけど、エレノアちゃんが不貞《ふてい》していたことは書いていないはずよ！」

「お母様は、エレノアが不貞《ふてい》を働いていたことも、やっぱりご存じだったんですね」

ニッコリと笑顔で告げると、お母様はしまった！　と口を押さえたがもう遅い。

そう。手紙には勿論、不貞《ふてい》についての記載はなかった。私を貶《おとし》めるものなのに、自分達の不貞《ふてい》を記してたらおかしいものね。

今のはただカマをかけただけ。見事に引っ掛かりましたね。

「お前は！　どうしてそんな馬鹿な真似をした！　不貞《ふてい》を許し、挙げ句、ルーフェス公爵夫人になったルエルに、嘘の悪評を流すなど！」

怒りに震え、怒鳴るお父様。

お父様にとっては、不貞《ふてい》もルーフェス公爵夫人になった私に喧嘩《けんか》を売るのも、有り得ないこと。

クリプト伯爵家の権威、存続に関わる。

「だ、だって、エレノアちゃんがカイン君と結婚したいと望むから……前までのマルクス伯爵家なら、落ちぶれていてエレノアちゃんに相応しくなかったけど、今なら相応しいと思って」

「何を馬鹿なことを……マルクス伯爵家が持ち直したのは、ルエルの手腕によるものだ」

「は？　この子の手腕？」

流石。仕事の出来るお父様はご存じでしたか。

「冗談よね？　こんな可愛くない子、なんの取り柄もないわ！　パーティでもお茶会でも、いっつも隅っこに寄って一人で過ごしていたこの子が、仕事なんて出来るはずないのよ！」

隅っこで過ごしていたのは貴女達の所為《せい》じゃない。

私が誰かと仲良くすると、いつもエレノアがお母様に告げ口して、私を怒鳴って叩いて、食事を抜いて部屋に閉じ込める。そんな状況で、皆様と和気あいあいとお話出来るとでも？

「はぁ。帰ったら新聞くらい読め。大きく一面にルエルの功績が載っている」

お父様はお母様のあまりの無知さに、大きなため息を吐いた。

「そんな……この出来損ないが仕事？　仕事で、成功を収めていると？」

お母様は可愛いエレノア以外、自慢出来ることがありませんものね。

唯一、可愛い娘を産んだことだけが自慢。そこそこの容姿、内向的で仕事にも不向きなお母様は、自分の良い所だけを受け継いだ容姿端麗《ようしたんれい》な妹を自分の分身として可愛がり、両親のどちらにも似ていない、可愛くない私は——お母様にとって汚点《おてん》であり、ストレスの捌《は》け口《ぐち》。

お母様は、自分が望んでいた華やかな人生をエレノアに代わりに過ごしてもらうことで満たされ、私を見下すことで優越感《ゆうえつかん》に浸っていた。

「お母様が今つけていらっしゃるそのネックレスは、私がルーフェス公爵夫人として任された宝石関連の事業で販売しているものなのですよ」

「ルーフェス公爵家の宝石事業!?」

見下していた私が、お母様より優れていてごめんなさい。でも仕方ないわ。自分の優越感《ゆうえつかん》のために娘を利用するお母様より、私の方が優れているのは当然だもの。

「……何よ、子供も産めずに偉そうに！」

酷い人。この期に及んで、平気で私を傷付けるのね。私が子供を産めなくて、どれ程傷付いてきたかも知らないで。

「クリプト伯爵夫人――」

怒りのまま口を挟もうとしたメトを、手をかざして止める。

私のために怒ってくれてありがとうございます。でも、平気。私はね、お母様が一番傷付くことを知ってるの。お母様が私の一番傷付くことを言うなら、私も言い返してあげる。

「お母様だって妻として、お父様の望む男の子を産めなかったじゃないですか」

「――それ……は！」

お母様が唯一私に勝ち誇れるのは、子供を産んだことだけ。

でも、その子供も女の子のみ。お父様が何より望んでいたのは跡継ぎとなる男の子だったのに、お母様はお父様の望む男の子は産めなかった。

「だからいずれ養子をとるのですよね？　大丈夫ですかお父様？　こんな調子では、娘《エレノア》可愛さに養子が虐められるのではないかと心配です」

「そ、そんなことしないわ！　お願い、信じて！　あなたが男の子を待ち望んでいたことは知ってるもの！　絶対に虐めたりなんかしないから！　だから、私を追い出すようなことは止めて頂戴！」

産まれてくる子供の性別なんて選べない。お母様に罪はない。

でもだからこそ、私の気持ちを少しは分かって欲しかった。理解して欲しかった。一緒に悲しんで欲しかった。大丈夫よって、優しく声を掛けて欲しかった。私もお母様の子供なのに――

大丈夫。私は何も傷付いてない。お母様には何も期待していないもの。平気。

縋るように触れるお母様の手を、お父様はバッと振り払った。

「いい加減にしないか！　この期に及んでお前は！　今はルーフェス様とルエルに謝罪しに来たのを忘れたのか!?　なのにいつまでも失礼な口を叩くなんて！」

「あ……ああ！　ごめんなさいごめんなさい！　でも、私は、エレノアちゃんをずっと思って！」

「黙れ！　お前がエレノアを甘やかすから、こんなことになったんだ！」

目の前で始まる激しい夫婦喧嘩《けんか》。

いい気味。お母様には、お父様に怒られるのが一番効くでしょうからね。

でも、ここまでこじれてしまったのには、少なからずお父様にも原因がある。お父様は、領主としては完璧なのかもしれない。きっと、マルクス伯爵よりも完璧に領地を治めているでしょう。

ただその代わりに、家族には目もくれなかった。

私はお父様に父親らしいことをしてもらった記憶なんて、一度もない。

「お父様、自分の妻や娘をずっと放置していた貴方にも、責任があるのでは？」

私が家でどんな目にあっていたか、お父様なら気付いていたはず。

でも、お父様は助けてくれなかった。私達に一ミリも興味がなかったから。

「……それは……」

お父様との会話で唯一ハッキリ覚えているのは、『お前が男なら良かった』――その言葉だけ。

私が男の子ならお父様にもお母様にも愛されたのかしら？

私の望む温かい家族に、なれたのかしら？

初めて言葉を濁《にご》すお父様が今何を考えているのか。私には分からないし、知りたくもないわ。

「お母様、お父様。安心して下さい、私は皆様を許します」

私はそう言うと、隣に座るメトに寄りかかった。

「だってエレノアとカインが不貞《ふてい》を働いてくれたから、私はあんな馬鹿な男と離縁出来て、こうして最高の旦那様と再婚出来たんだもの」

許す。なんて、思ってもないけどね。二人は私の目の奥にある感情に気付いているみたいで、私の発言にも気を緩めていないようだった。

「……ありがとうございます、ルエル」

「あ、ありがとうございい、ま……す」

警戒するお父様に怯えるお母様。両方いい気味だけど、特に、今まで虐めてきた私に歯向かわれて、怯えるお母様の顔を見るのは最高に気持ちが良いわ。

家の中で、私にだけ強者だったお母様。

これに懲りてご自身の立場をもう一度考えることですね。

「ただ、ケジメは付けて頂きます。慰謝料《いしゃりょう》はお支払い頂きましたが、それ以外にも私の名誉の回復のために、エレノア達が流した噂は全てデタラメだったと、公の場で彼女達に証言させて下さい」

「公の場？　何故でしょう？　そんな事をしなくても、もう名誉の回復はなされていると思うのですが」

慰謝料《いしゃりょう》を支払った時点で彼等は自らの非を認めていることになる。なのに公の場での謝罪を求める私を、お父様は意味が分からないのか不審がった。

お父様は私を、私の心の傷を理解していない。私のどす黒い感情を理解していない。

私はね、私を裏切ったエレノアとカインに地獄《じごく》を見せたいの。

「丁度、一週間後に私達の結婚式がありますから、そこで自分達が不貞《ふてい》を働き、私を貶《おとし》める噂を流したことを謝罪させて下さい」

ルーフェス公爵家の結婚式となれば、それはそれは盛大で大勢の人達が祝福に訪れる。

その場で、自分達の罪をどうぞお認め下さい。そうすれば、私は許してあげます。

表面上だけは、ね。

「待って！　そんなことをしたら、エレノアちゃんは皆の見世物になるじゃない！」

「なれば良いのではないですか？　結婚式の良い余興《よきょう》になりますね」

「そんなっ！」

私だって本当はこんな事したくないんですよ？　神聖な結婚式の場で、見世物みたいな公開処刑。

でも、散々蔑んできた私の結婚式で、負けを認め頭を下げるなんて、これ以上ないほど屈辱的《くつじょくてき》よね。それに、これを提案したのは私じゃない――

「よろしいのですか、ルーフェス様？　貴方の結婚式の場でそんな騒動を起こして」

「構わない。やられたら徹底的にやり返すのが、ルーフェス公爵家の信条です」

――メトだもの。メトが、結婚式で、大勢の前での公開処刑を提案した。

「勿論、クリプト伯爵は了承してくれますよね？　結婚式まであと一週間だが、くれぐれも愚かな娘を逃がさないことです」

逃げられないようにあえて、お父様の謝罪の日を結婚式間近にした。

あんまり早くから伝えて、逃げられでもしたら復讐になりませんからね。

「……かしこまりました。娘は必ず結婚式に出席させ、お二人に謝罪させるようにします」

「あなた！」

お母様はまだ文句があるみたいだけど、お父様に睨み付けられたら一瞬で黙り込んだ。

話を終え、席を立つお父様とお母様の背中をその場で見送る。可哀想なお母様、体が震えていますね。この後に待つお父様の怒号《どごう》に怯えているのか、可愛い可愛いエレノアを待つ境遇《きょうぐう》に悲しんでいるのか。まぁ、どちらでも私には関係ありません。

「クリプト伯爵が唯一、話が通じて助かるよ」

「そうですね。マルクス伯爵ならなんとしてでも息子を逃がすでしょうからね」

それで家の立場がどれ程悪くなろうとも、あの人達は関係ない。

逆にお父様は、家のためなら平気で娘を差し出すでしょう。

「面白い余興《よきょう》になりそうだ」

「本当に良いんですか？　結婚式なのに、私の復讐の場にしてしまって……」

ここまでして今更だが、メトには申し訳ないと思ってる。契約結婚とはいえ、私のために結婚式をめちゃくちゃにしているようなもの。

「執拗《しつこ》い。俺から提案したのを忘れたのか？」

「いえ、覚えています」

「今回結婚式に参列するのは、ルーフェス公爵家の信条を理解している者達ばかりだからな。きっと余興《よきょう》を楽しんでくれるはずだ」

やられたらやり返す、ですね。

私、もし生まれ変わっても、ルーフェス公爵家には絶対に逆らわないようにしよう。

「……せっかくルエルが素直になっていたものを元に戻したんだから、俺も相応のお返しをしないとな」

「何か言いましたか？」

「別に。それよりも……ルエルは大丈夫か？」

「私は大丈夫です」

笑顔を貼り付けて、笑ってみせる。

お母様が私を大切に思っていないことなんて子供の時から分かっていたもの。

今更傷付いたりなんてしない。不貞《ふてい》を働いた妹の味方をするお母様なんて私には必要ない。

お母様の大切なエレノアをいっぱい傷付けてあげますね。

だから、もっともっと深く傷付いて下さい。

◆

――クリプト伯爵邸。

「ねぇあなた、お願いです！　ルーフェス様になんとかとりなして、エレノアちゃんに頭を下げさせるのを止めさせて頂戴！　あの子は繊細なのよ！　皆の前で見世物のように恥をかかされるなんて、そんなことさせられないわ！」

家に戻るなり、クリプト伯爵夫人は夫に詰め寄り、娘を助けて欲しいと懇願《こんがん》した。

「うるさい！　こんな事になってもまだ、お前はエレノアを甘やかすのか！」

その手を乱暴に振りほどき、クリプト伯爵は大声で怒鳴りつける。

「なんてことをしてくれたんだ！　よりにもよってルーフェス様に目をつけられ、クリプト伯爵家の名誉を傷付けるとは！」

「あ、あなた……」

夫が本気で怒っていると分かったクリプト伯爵夫人は、ガタガタと体を震わせた。

クリプト伯爵は大きくため息をつき、妻に向かって警告した。

「いいか？　これ以上エレノアを甘やかしクリプト伯爵家の名前を汚すなら、お前とは離縁する！」

「離縁!?　離縁だけは！　離縁だけは止めて！」

「なら今後一切、エレノアを甘やかすな！　ルエルと差別するな！　ルエルを見下すな！」

クリプト伯爵は、妻とエレノアがルエルに対してどんな態度をとっていたのかを、ルエルの予想通り知っていた。知っていて放置した。

「お前に家のことを任せるべきではなかった……子育て一つまともに出来ないとはな！　お前やエレノアよりも遥《はる》かにルエルの方が貴族の妻として相応しい働きをしているのを忘れるな」

クリプト伯爵はそれだけ言い捨てると、その場を去った。

「私と、エレノアちゃんが、ルエルよりも……下？　劣っている？」

クリプト伯爵夫人は、しばらく夫に言われた台詞《セリフ》が頭から離れず、ただ呆然と立ち尽くした。

◆

ねぇ、見て。私は貴方と離縁してから一年後の今日、結婚式を挙げるの。

二回目の結婚は、結婚式を挙げるわ。

豪華で皆に祝福された、幸せいっぱいの私の結婚式。

◇

——帝都最大の結婚式場、プリエール。

準備のために何度も式場には足を運んだけど、流石は帝都最大の式場。本当に大きくて綺麗。

その式場内、新婦《しんぷ》控《ひか》え室《しつ》で、私はすでにウェディングドレスに着替え、この日のために用意したルーフェス公爵家の宝石をふんだんに使った装飾品を身に付けていた。

「ルエル様、とてもお綺麗ですわ！」

「ほんとー、可愛いわー」

「ルエルお姉ちゃん、ステキー！」

「あ、ありがとうございます」

ベール様、フィーリン様、シャインが揃って私をベタ褒めしてくれるんだけど、容姿を褒められるのに慣れていなくてドギマギする。

普通、新婦控え室《しんぷひかしつ》には私の両親が来るものなのでしょうけど、私は当然拒否。代わりに、ベール様達に来てもらった。

「大丈夫でしょうか？　メトに見劣りしませんか？」

新郎が容姿端麗《ようしたんれい》過ぎるから、こっちが気を使う。

ちゃんと私で宝石の広告塔になれるかしら？

「メト君なんか目じゃないくらい、素敵よー」

フィーリン様、それは言い過ぎです。いつなんどき、どこからどの角度で見ても、メトは格好良いんです。私なんて足元にも及ばないんですよ。

だからこそ、その隣に立っても恥ずかしくないように、この三ヶ月間お肌のお手入れは勿論、食生活だって気を使って、一週間前からは仕事もセーブして睡眠《すいみん》時間の確保に努めました！

全ては、ルーフェス公爵家の宝石のために！

宝石も選りすぐりの物を選びましたし、後は無事に結婚式が進めば、宝石の宣伝が上手くいくはずです！　そうすれば業績はうなぎ登りに――

「ルエル様？　一旦、お仕事は忘れましょうか」

頭の中が仕事でいっぱいなのがベール様に伝わってしまったみたい。でもそうなりますよ！

この宝石達は、各地の採掘場所で従業員の方々が、私達の結婚式のために寝る間も惜しんで命を懸けて手に入れた宝石です！　ありがたいけど、価値ある宝石が届く度に重圧が激しくのしかかってきてですね、嫌でも仕事のことを考えるというか！

「結婚式の余興《よきょう》もあるのでしょー？　楽しみねー」

フィーリン様、のほほんと言ってますけど、公開処刑のことですよね？

「楽しみだね、ママ！」

違うんですシャイン！　そんな楽しいものじゃないんです！　子供が見るものじゃないんです！

「ルーフェス公爵家の信条を理解するために、しっかり見ておくのですよシャイン」

ベール様!?　まさかの子供にまで勧めるんですか!?

子供のうちからルーフェス公爵家の信条を教え込むなんて、教育が凄い！

仕事に復讐。あの日から私は、ただがむしゃらに今日まで過ごしてきた。

カインとエレノアの不貞《ふてい》現場を目撃してから今日で一年。

最低最悪な裏切りは、私を深く傷付けた。

私を裏切り、私を蔑ろにしてきた家族、元義実家に復讐すると心に決めた。

「ルエル」

チャペルに入場する前、新郎の元までエスコートするお父様の手を、私は嫌々取った。

本当は拒否したかったんだけど、それは形式上出来なかった。お父様に育てられた覚えも守られた覚えもないけど、ここまで育つのにお金を出してくれていたのはお父様だし、渋々了承した。

「……」

「……」

会話はない。視線も合わせない。これが父親と娘の最後のひとときだと思うと、今まで父親らしいことを一切してこなかったお父様との関係がハッキリする。

「……すまなかった……」

「え？」

チャペルへの扉が開く直前、お父様は、何故か私に謝った。

ついこの前、謝罪に来たのにどうしてまた謝るの？　私個人になんの謝罪？

ルーフェス公爵夫人になった私に目をつけられないため？

私は何も返事をしなかったけど、謝罪の言葉は空耳だったのでないかと思うほど、お父様は何事もなかったように私をエスコートした。

「おめでとうございます、メト様、ルエル様」

「おー幸せになれよ！」

「ルエルお姉ちゃん、綺麗ー」

「まぁまぁまぁ」

真紅の絨毯《じゅうたん》の上をゆっくりと進むと、あちらこちらから祝福の声が聞こえ、鳴りやまない拍手の音が響いた。大勢の人達が、私の結婚を祝福してくれるその光景、どうしてだろう、契約結婚なのにとても嬉しい。私のために、私の幸せを祝ってくれる人達が、沢山いる。

ゆっくりと歩く途中、視線の先にエレノアとカインの姿が見えた。祝福の空気に似つかわしくない憎悪《ぞうお》のこもった視線を送るエレノアに、何故か涙を浮かべ傷ついたような表情を浮かべるカイン。

ねぇ、見て。私、幸せそうでしょう？

貴女達では絶対に挙げられない豪華な結婚式場で、大勢の人達に祝福され、誰よりも素敵な旦那様のもとに向かう。

そこで爪を噛みながら、私の幸せを目に焼き付ければいいわ。

私、貴方と離縁出来て幸せよ。ざまぁみろ。

「あれがルエルお姉様!?　嘘！」

一般的な生活を送るようになった私は、昔とは違い肌も綺麗で髪も艶がある。

そして何より結婚式のため（自身を広告塔として使うため）に自分を精一杯、着飾った。

その結果、私は結婚式の主役に相応しい花嫁になったようだ。

「なんで！　ルエルお姉様なんて、私の引き立て役でしかないのに！」

エレノアは、いつもの野暮《やぼ》ったい私とは違う美しい姿に歯を噛み締めている。

「……ルエルが、あんなに綺麗になるなんて……」

カインもまた、いつもと違うルエルの姿に目を奪われていた。

それにしてもバージンロードの先、祭壇の前に立つメトの姿は、いつもより格好良く見えるから困る。いや、広告塔としても、エレノアに見せつける素敵な花婿《はなむこ》としても完璧で困らないんですけど、私個人の感情としてドキドキします。こんなに素敵な人が、契約結婚とはいえ私の花婿様《はなむこさま》なんだもの。

お父様の手を離し、メトの手を取る。

「娘をよろしくお願いします」

「ああ」

形式的に父親から花婿《はなむこ》へと交わされる言葉。

メトは私のベールをめくり、顔を合わせると優しく微笑んだ。

「綺麗だね」

「っ！　あり、がとうございます」

頬に触れられ、褒め言葉に心臓が高鳴る。

さっきまで平常心だったのに、メトの顔を見た途端、急にドキドキし始めた。今更になって結婚式が始まった事を実感する。さっきまで仕事や復讐の事で頭がいっぱいだったのに！

もう誰も好きにならない。好きになれない。好きになりたくない。

本当は分かってる。

私はもう、メトを好きになりかけてる——でも、認めない。認めたくない。

裏切られるのは嫌。もう、傷付くのは嫌。このまま契約結婚でいれば、傷付かない。

だから私は、最後まで分からないままでいいの。

「――では、誓いの口付けを」

誓いの言葉を交わし、指輪を交換し、私達は大勢の人に祝福される中、誓いの口付けを交わした。

◇

「……僕、カイン＝マルクスと妻エレノアは、ルエル……様と婚姻関係にあった時から、不貞《ふてい》を行い、あろうことか、この事実を隠し、ルエル……様に男遊びの汚名《おめい》をきせ、離縁の原因があたかもルエル様にあるように、周囲に噂をばら蒔きました」

祝福に包まれる結婚式が終わる頃、普通の結婚式では行われない、余興《よきょう》という名の公開処刑が始まった。大勢の名高い貴族達の前で自分達の恥を読み上げるカインと、その隣で屈辱に顔を歪ませて立つエレノア。

カインが読み上げている紙はお父様が用意したものでしょう。

『この通りに読み上げろ』『他の言葉を口に出すな』――正しい判断ですね、お父様。

きっと二人に任せていれば都合の良いように、『私とカイン様は純粋に愛し合ったから』やら『ルエルに子供が出来なかったから仕方がなかった』だの、火に油を注ぐような発言を公の場でしかねませんものね。まぁ、私としてはどちらでも良かったけれど。

「本当に申し訳ありませんでした、ルエル……様」

「……ごめんなさい」

最後、二人は揃って深く頭を下げた。

誰も拍手をしない、冷めた目を向けられるだけの催し。

恥に耐え、震える言葉で自らの罪と謝罪を口にするカインも、屈辱に歪んだ顔で謝罪の言葉を口にするエレノアも、いい気味。

この件で負ったマルクス伯爵家とクリプト伯爵家のダメージは大きい。特に、マルクス伯爵家。

お父様は上手に火消しをしてるけど、マルクス伯爵家は違う。元お義母様とお義父様は結婚式に招待しなかったけど、この結婚式の余興《よきょう》に最後まで反発して、私達は何も悪くない！　悪いのはハズレ嫁のルエルだ！　との態度を貫いてる。

ここまで馬鹿だとは思わなかったわ。

結局は、クリプト伯爵であるお父様の言葉に従い、息子を結婚式に出席させたけど、それはそれは歯がゆい思いをされているでしょうね。

「お二人とも、結婚式の参列、ありがとうございます」

披露宴《ひろうえん》の前にお父様に連れられ、私達のもとに顔を見せに来たエレノアとカインに向かって、私はわざとらしく笑みを深めてお礼の言葉を口にした。

「……」

「カイン、エレノア」

妹夫婦に結婚式の参列のお礼を伝える。普通の光景だけど、私達にとっては普通じゃない。

何も答えない二人に、お父様が背後から圧をかける。

「……っ！　おめでとう……ルエル……様」

お父様に再三、私に様をつけるよう言われたのか、たどたどしくも頑張って使っているじゃありませんか、カイン。

「……おめでとうございますわ、ルエルお姉様」

「あら、ありがとうエレノア。貴女より幸せになってごめんね」

「何よ！　ルエルお姉様の分際で、生意気――」

「エレノア！」

お父様に怒鳴られると、エレノアはグッと悔しそうに言葉を飲み込んだ。

嫌味にいちいち反応するなんて、本当に学習能力がないのね。


ルーフェス公爵様との結婚式は、それはそれは豪勢なものになった。

ドレスを着替える度に身につける宝石も変えていく。良い宣伝になると思って、皆様に勧められるまま了承しましたけど、まさかお色直しが五回もあるなんて……復讐やら仕事やらで気を張っていたのも手伝って、正直、ちょっと疲れました。

最後のドレスに身を包み、エスコートしてくれる予定のメトを待っている間。

私は披露宴《ひろうえん》会場の入り口の前で、少しの間、一人の時間を過ごした。

「――あら、ルエルお姉様。花嫁なのにこんなところに一人でいるなんて、ルエルお姉様ってば、本当は皆さんに大切にされていないんじゃありません？」

そこに、私を待ち構えていたのか、ちょうど会場から抜け出してきたのかは分からないが、望まぬ来訪者が現れて眉をひそめた。

「……エレノア……人混みで疲れたから、少し一人の時間が欲しかっただけよ」

「えー？　私だったら、大事な結婚式に一人になんてさせてもらえないわ。お母様もカインも、友人達も、みーんな、一秒でも私と一緒にいたがると思うから」

それがどうした。一人でいる事と大切にされてない事を結び付ける意味が分からない。

「ルエルお姉様は、ルーフェス様の妻になったから、皆、嫌々祝福してるだけなのよ！　根本的に愛されてるわけじゃないの！」

わざわざお父様の目を盗んで私に文句を言いに来るなんて、結婚式であれだけ大々的に恥をかいたのに懲りない妹。まぁでも折角お祝いを言いに来てくれたのだから、相手をしてあげなきゃね。

「エレノア、いい加減、目を覚ましなさい」

「は？　何？」

「貴女の姉は、大勢の人に祝福されて、世界で一番幸せな花嫁になったの」

「は……あ？」

私の幸せが何よりも気に食わない妹。

ずっと私のモノを奪い、嘲笑《あざわら》って蔑んできたのに、そんな私が幸せそうで、悔しい？

「馬鹿言わないでよ！　一番幸せなのは私よ！　私はお姉様からカイン様を奪って、カイン様の妻になったの。ルエルお姉様は、女として魅力がないからカイン様に捨てられたのよ！」

「そうね。一年前のあの日、カインに裏切られて私は捨てられた」

あれだけカインのために尽くしてきたのに、愛していたのに、いとも簡単に捨てられた。

「でしょう⁉　だから、カイン様に選ばれた私の方がルエルお姉様より上なの！　子供が出来たからまだ結婚式は挙げてないけど、ルエルお姉様の結婚式よりも皆に祝福されて、もっと素敵なものにするんだから！」

絶対に行きたくない結婚式ですね。欠席しましょう。

「ああ、ごめんなさい。私、その日は仕事の都合でどうしても出席出来ないんです」

「まだ招待状も送ってないじゃない！」

「はぁ、行く気がないということよ」

この脳みそ空っぽな妹には遠回しに言っても伝わらなさそうなので、ハッキリ言う。

「どうしてよ⁉　新婦《しんぷ》の姉が出席しないなんて世間体が悪いじゃない！　お母様が許さないわよ！」

お母様なんてどうでもいいんです。お母様なんて、今更私の敵じゃない。

「姉の旦那を奪った略奪女《りゃくだつおんな》の結婚式なんかに、誰が出席したがると思う？」

「私の結婚式なのよ⁉　可愛い可愛い妹の結婚式なんだから、出席するのが当然でしょう⁉」

「私は出席しない」

「だから、そんなの許さないって――」

「もう理解しなさい。私は、あのルーフェス公爵様の妻なの。貴女の大好きなカインなんかが太刀打ち出来る相手じゃないくらい、強い力をお持ちの方なのよ」

貴女達と違って、行きたくない結婚式への参列を拒否出来る力を持っているの。たかがマルクス伯爵家の結婚式への参列を拒むくらい、余裕なの。

「なんで私ばっかりこんな目に！　皆、私ばっかり責めて……私、何も悪いことしてないのに！　ルエルお姉様に魅力がないのが悪いのに、どうして私が皆に責められなきゃいけないのよ！」

自業自得って言葉を知ってる？　馬鹿だから知らないかしら。

「もう終わった？　貴女の嫉《ねた》みや愚痴《ぐち》を聞くほど暇じゃないの。一人にさせて」

なんのために一人の時間をもらったと思ってるのよ。くだらない事しか言わない、馬鹿な妹の相手をする時間じゃないの。さっさと席に戻って大人しくしていて。

「何よ、ちょっとルーフェス様に気に入られたからって、調子に乗らない方がいいよ？　ルエルお姉様」

本当に懲りない妹ですね。

どうしてこれほどまでに私に絡んでくるのかしら。

「子供が出来ないから、ルエルお姉様はルーフェス様に選ばれたのよ」

そんなの知ってる。子供を望まない彼に提示した、契約結婚の口説き文句だもの。

「ルーフェス様は、ルエルお姉様自身を好きなわけじゃないの！　いつか、ルーフェス様が子供を欲しがった時、ルエルお姉様はまた捨てられるに決まってる」

——もう止めてよ。どうして？　どうして、私を傷付けるの？

このまま私の幸せな姿を見せつけて、貴女達が本当に反省してくれたら、私の嫌な感情も少しは薄れたかもしれないのに。

「可哀想なルエルお姉様。ルーフェス様に捨てられたら、家族に見捨てられているお姉様は、また、一人ぼっちになるのね」

大丈夫。大丈夫。そうなっても良いように、今回はちゃんと準備をしてる。

もしもの時は、私の仕事の腕を買ってくれる方に雇ってもらえるようにお願いしてるし、メトはちゃんとお給料をくれたから貯金もしてる――大丈夫。

いつ、捨てられても良いように、準備はしてるの。

私達は双方合意のない離縁は出来ない契約だけど、私はメトが離縁を望めば同意するつもりでいる。彼は私を救ってくれた。ここまで助けてくれた。私の個人的な復讐に付き合ってくれた。感謝してもしきれない。だから、彼の幸せのためなら、私は喜んで身を引ける。

『ルエル、俺は、君が好きだよ』

メトが私に言ってくれた思いに、私は答えていない。

もう誰も好きにならない。好きになれない。好きになりたくない。

もう傷付くのは嫌なの。好きにならなければ、離れる時に傷つかなくてすむ。大丈夫。私は平気。

私はメトが好きじゃないもの。だから――平気よ。

「――俺の妻を虐めないでくれないか？　マルクス夫人」

「……メト！」

ふわりと背後から抱きしめられて、冷え切った体に温かい体温が広がる。

「ルーフェス様っ！」

メトの登場に顔を引き攣せたエレノアの姿が見えた。さっきまで顔色が悪かったのは私の方なのに、今はホッとしてる。

「ルエルが少し一人になりたいと望んだから時間をあげたけど、まさか、あそこまで恥を晒されて、まだルエルにちょっかいをかけるとはね」

「あ、その違っ！　私はただ、ルエルお姉様と仲良くお喋りしていただけです！　ね、ルエルお姉様？」

「……仲良く？　私を侮辱《ぶじょく》しているようにしか聞こえませんでしたけど」

息苦しかったのに、メトが来てから楽に息が出来るようになった。

これでエレノアに立ち向かえる。

「だ、そうだが？」

「っ！　それは、ルエルお姉様が誤解してるだけだと思いますぅ。私、いつも、ルエルお姉様に誤解されて、虐めてるなんて言われて……本当は私の方がルエルお姉様に虐められてるんです！」

目に涙をいっぱい溜め、悲劇のヒロインぶるお得意の演技。私からしたら大根役者にしか見えないけど、可愛い容姿をしたエレノアにコロッと騙される男は沢山いる。

カインもその中の一人だった。

「ルーフェス様ぁ。意地悪な姉から、可愛い妹を守って下さい」

エレノアは可愛い。

だからもし、メトがエレノアを好きになってしまったら——

「白々《しらじら》しい。前と同じ嘘泣きか？　俺に通じなかった事を忘れたのか？」

「え？　あれ？　いえ、私、嘘泣きなんかじゃ！」

メト、今までにエレノアの嘘泣きを見たことがあるの？

いつ？　私、知らないんだけど——そんな事よりも、エレノアの嘘泣きがメトに通じなかったのが嬉しい。

「第一、君がルエルを侮辱《ぶじょく》する声は聞こえていた」

「う……そ。あ、でも！　聞こえてたなら、ルエルお姉様がハズレ嫁だって分かりましたよね？」

ドキッとする。大丈夫。

メトには子供を望まない明確な理由があるから、少なくとも、今はまだ大丈夫なはず。

「ルエルお姉様は、私と違って可愛くなくて——」

「懲りない女だな」

メトは魔法を唱えると、エレノアの周囲に氷の牢を作った。

「ひっ！　やだ！　何⁉」

突然、氷の牢に閉じ込められて慌てふためくエレノア。

「俺はルエルと一緒になれるなら、子供が出来なくても構わない。ルエルが側にいてくれれば、それで良い」

メトは子供を望んでない。

だから、私を結婚相手に選んだの。

分かってる。分かってるのに——

私は、子供が出来なくても愛する人と一緒なら、一生添い遂げられると思っていたから。

そう、誰かに、貴方に言って欲しかった。

「俺は、自らルエルのような素晴らしい妻を手放す真似はしない。お前みたいな、女としても妻としてもなんの魅力もない奴なんて、死んでもごめんだ。ルエルの方が何万倍も魅力的だ」

私が何よりも言って欲しかった言葉を、貴方が言ってくれた。

エレノアを振り払ってくれた。

私をハズレ嫁なんて言わない。

私を——認めてくれる。

メトの言葉に嘘はない。

私は知ってる。メトは冷たく見えるけど、本当は誠実で優しくて真面目な人。

エレノアよりも私を選んでくれたこの言葉を信じてしまった。

もう傷付きたくないのに、メトは私を裏切らないと思ってしまった。信じてしまった。

本当は気付いていたメトへの気持ちを、もう隠すことが出来ない。

私——メトが好き。

「おー、なんだなんだ。大きい音がしたと思って来てみたら、激しく魔法ぶっぱなしてんなー」

騒ぎに気付いたラットが、呑気な声を上げながらこちらに近寄った。

「た、助けて下さい！　私、ルーフェス様とルエルお姉様に、何も悪いことしてないのに暴力を振るわれてるんです！　お願いです、助けて！」

新しい男の登場をチャンスだとでも思ったのか、エレノアはまた、か弱い悲劇のヒロインのように涙を溜め、私達をヒロインを虐める悪党にたとえ言葉を紡いだ。

確かに、魔法で氷の牢に閉じ込められ涙を流す姿は、まるで囚《とら》われのお姫様みたい。私達の関係性を知らなければ、完全に私達が悪者ね。

「お、なんだ。ついに始末でもすんのか？」

「始末!?」

ただ、ラットはそんな妹を気にも止めず、あっけらかんと物騒《ぶっそう》な事を言い出した。

めっちゃ怖いこと言いますね。

え？　まさか普段、逆らう人達を始末してるとか、そーゆー話？

私も内心驚いているけど、張本人のエレノアは自分の行く末に怯えまくってるじゃありませんか。

「ラット、誤解されるような物言いをするな。ちょっとお灸《きゅう》を据えて、言うことを聞かせてるだけだ」

「ラット様、お願いです！　確か、アルファイン侯爵令息様ですよね？　私を助けて下さい！」

「そう、そのルーフェス公爵家に仕えるアルファイン侯爵令息なワケ。なのに助ける訳なくね？」

「マルクス夫人は俺達の結婚を祝う気がないらしい。即刻、帰らせろ」

「へーい」

メトの命に従い、ラットは控えていた従者達にエレノアをこのまま外に放り出すよう指示した。

氷の牢ごと乱雑に持ち上げられ、運ばれるエレノア。

「きゃあ！　何するのよ⁉　私は、あのクリプト伯爵家の娘で、今はマルクス伯爵家の妻なのよ⁉　従者風情が私を粗末《そまつ》に扱っていいと思ってるの⁉」

エレノアの猫かぶりは、自身より格上か対等、少なくも爵位持ちでない限り発動されない。従者相手に泣き真似をする気もなく怒り任せに叫ぶ。

まぁ、たとえ泣き真似をしたとしても、今日この場に招待した方々は皆、ルーフェス公爵家、もしくは私と懇意《こんい》にしている方々ばかりだし、ついさっき、結婚式の余興《よきょう》で自らの罪を認めた貴女の味方をする人なんて、ここにはいないでしょう。

「ルエル」

「は、はい！」

駄目だ！

好きって急に認識しちゃったから、変に意識して声が裏返った！

平常心、平常心！

「……俺は今からクリプト伯爵と少し話をつけてくるから、先に会場に戻っていてくれ」

「はい」

にこやかに笑顔を浮かべて頷いてみせる。

うん。大丈夫！　今度は声、裏返らなかった。

でもこのままここにいたら、また変な態度になりそう。

すぐ離れよう。好きって意識したばっかりでどうすればいいのかも分からないし、ここは引く。

逃げる。ごめんなさい。

私はメトの言いつけに素直に従い、逃げるようにこの場から離れた。

◆

「なんだ、またあの馬鹿女なんかやらかしたのか？」

ルエルがいなくなった後、ラットはメトに経緯を尋ねた。

「懲りもせずに、またルエルにちょっかいをかけた」

「うーわー、学習能力ねー奴」

エレノアの奇行に呆れ果てたように呟くラット。

「で、どうする？　もう両方の家にきっついお灸《きゅう》でも据えてやれば？」

「いや、今回は義父に苦言を呈《てい》すくらいに留める」

「へー、メトがやり返さねぇなんてめずらしいな」

ルーフェス公爵家の信条はやられたらやり返す。

それこそ、ルーフェス公爵家の当主であるメトが一番、その信条を実行する人間だった。そんなメトがやり返さないとは、ラットは驚いて目を丸めた。

「ああ。今回、義妹はかませ犬としての役割りを十分果たしたからな」

「かませ犬?」

あの愚かな義妹のお蔭で、ルエルが俺を意識し始めたように見える。

結婚式で素直になっていたところを邪魔された時には腹が立ったが、今回は俺にとっては役に立った。ルエルを傷付けたのは許せないが特別に見逃してやる。

「かませ犬の意味は全く分かんねーけど、俺、たまにお前がこえーよ」

ラットは、幼馴染であり自分の主でもあるメトの悪い微笑みを、一歩下がって見つめた。

「メト、本気でルエルが好きになったのか?」

「ああ」

契約結婚を持ちかけられた当初は、自分に都合の良い役に立つ人材だとしか思っていなかったが、自分でも驚くほど、徐々に気持ちに変化があった。

強いところも弱いところも、彼女を形どる全てが好ましく思え、彼女を害するもの全てが疎《うと》ましい。

「邪魔するなよ、ラット」

ゲイン鉱山で俺がいなくなるかもしれないと思い泣きそうになっていた彼女を、抱き締めたいと思った。守りたいと、もう離さないと思った。

「邪魔しねーよ! 俺だって命は惜しいからな!」

◆

エレノアの騒動以降はなんの問題も起きず、滞りなく式は進んだ。

お父様はメトから苦言を受けた後、すぐにお母様、カインを引き連れて式場を出た。

唯一の常識人であるお父様の苦労は計り知れないけど、同情はしない。

好き勝手する母と妹を今まで放置してきたツケが回ってきただけだもの。私がどれだけ酷い扱いをされても、お父様は助けてくれなかった。

そんなお父様を思いやる義理はない。

「結婚式は満足のいく結果だったか？」

「はい、完璧でした」

式が終わり、帰りの馬車の中。

メトの質問に、私は迷いなく、はいと答えた。

エレノアとカインの無様な姿もこの目でしっかり見られたし、皆様の宝石への反応も上々。

更には後日、しっかりと撮影した私達の写真が新聞にも載る予定なので、宣伝としては完璧！

同時に、私はルーフェス公爵に愛される幸せな花嫁として周知されるから、メトの虫除《むしょ》けも完璧だし、エレノア達にまた私の幸せな姿も見せつけられるし、一石二鳥。

悔しがって新聞をめちゃくちゃに破り捨てるエレノアや元お義母様やお義父様の姿が目に浮か

ぶわ。

「ルエルの望み通りの式が挙げられたなら良かった」

「本当にありがとうございます、メト」

ここまでスムーズに復讐が出来たのは、メトの助力があってこそ。

「どういたしまして」

メトはつい先程、結婚式が終わった帰りの馬車の中にもかかわらず、仕事関係と思わしき書類一枚一枚に目を通していて、相変わらず忙しそう。

この後も、私を家に送り届けてから仕事に行くらしい。

かくいう私も、この後、新聞に掲載する写真選びをしようと思ってる。

本来なら今日は結婚初夜《しょや》と言うことになるのでしょうけど、書類はもうとっくに提出しているし、私達には関係ありません。仕事優先夫婦です。

それに、メトを好きだとは認めたけど、だからといって心の準備はまだ出来ていないんです！

メトも私を好きって言ってくれたけど、あれ以降メトは普段通りだし。

もしかしてあれって夢だった？　空耳？　とか思うレベルですし！

もしかしたら、私がメトの思いに答えなかったから、もう私を好きじゃなくなったかもしれない。

それに、メトみたいな最強の天才公爵様が、私みたいな平々凡々な女を好きになります？

ただの気の迷いだったのでは？

それに――

次から次へと、メトへの思いを自覚したのに、好きと言い出せない言い訳が並ぶ。

「ルエル、聞いてる?」

「は――いえ、聞いていませんでした」

上の空で全く何も聞いてなかった。

私が正直に伝えると、メトは、はぁと溜め息を吐いた後、もう一度同じ台詞《セリフ》を言った。

「仕事が落ち着いたタイミングで新婚旅行に行くから、そのつもりでいるように」

「はい。新婚旅――行?」

ん? 新婚旅行?

新婚旅行って――あの、夫婦で行く新婚旅行?

「俺は優しいから、君に心の準備期間をあげるよ。それまでにしっかりと覚悟を決めておくんだな」

それは、もしかしなくとも、私の気持ちに気付いていて、その上で私に心の準備をしろと? 覚悟?

「メ、メト。ちょっと待って? 私その、カイン以外と恋愛経験なくて、カインも、顔馴染みからズルズルいっちゃった感じだから、恋愛に疎《うと》くって――」

「次、俺の前で他の男の話をしたら酷い目にあわせる」

それはまさか、ルーフェス公爵家のお灸《きゅう》ですか!?

怖いんですけど!?

家に帰るまでの馬車の中、私は必死で、仕事のことだけを考え平常心でいるように務めた。。

愛のない契約から始まった私達の結婚は、形を変えて、大切な愛しい結婚になった。

二度と誰かを愛せないと傷付いた私は、もういない。

私は今、最高に幸せです！

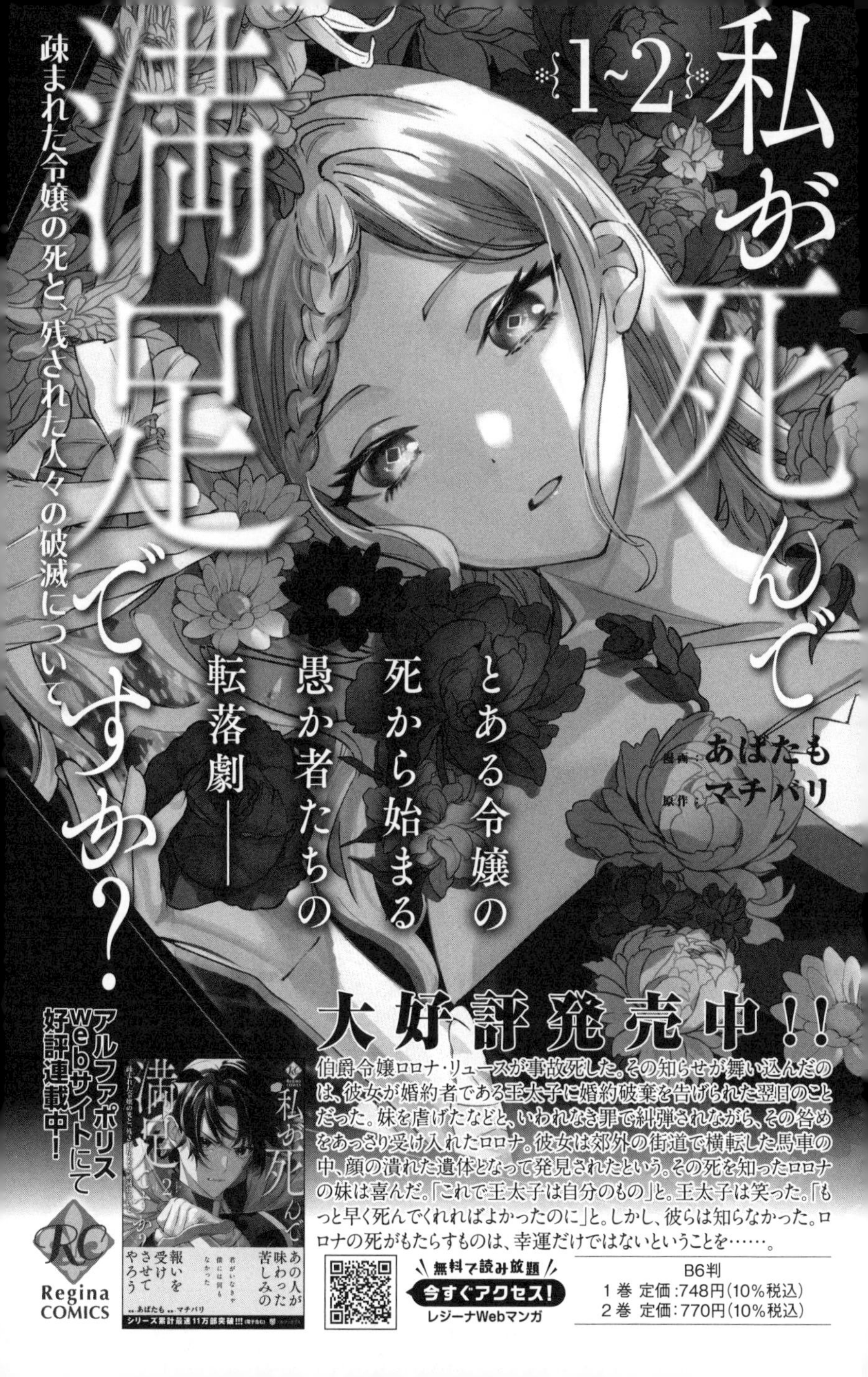
1~2
私が死んで満足ですか？
疎まれた令嬢の死と、残された人々の破滅について
とある令嬢の
死から始まる
愚か者たちの
転落劇――
漫画：あばたも
原作：マチバリ
大好評発売中!!
伯爵令嬢ロロナ・リュースが事故死した。その知らせが舞い込んだのは、彼女が婚約者である王太子に婚約破棄を告げられた翌日のことだった。妹を虐げたなどと、いわれなき罪で糾弾されながら、その咎めをあっさり受け入れたロロナ。彼女は郊外の街道で横転した馬車の中、顔の潰れた遺体となって発見されたという。その死を知ったロロナの妹は喜んだ。「これで王太子は自分のもの」と。王太子は笑った。「もっと早く死んでくれればよかったのに」と。しかし、彼らは知らなかった。ロロナの死がもたらすものは、幸運だけではないということを……。
アルファポリスWebサイトにて好評連載中！
あの人が味わった苦しみの報いを受けさせてやろう
君がいなきゃ僕には何もなかった
シリーズ累計最速11万部突破!!!
無料で読み放題
今すぐアクセス！
レジーナWebマンガ
B6判
1巻 定価：748円（10%税込）
2巻 定価：770円（10%税込）
Regina COMICS

この作品に対する皆様のご意見・ご感想をお待ちしております。

おハガキ・お手紙は以下の宛先にお送りください。

【宛先】

〒150-6019 東京都渋谷区恵比寿 4-20-3 恵比寿ｶﾞｰﾃﾞﾝﾌﾟﾚｲｽﾀﾜｰ 19F
（株）アルファポリス　書籍感想係

メールフォームでのご意見・ご感想は右のＱＲコードから、
あるいは以下のワードで検索をかけてください。

アルファポリス　書籍の感想　検索

ご感想はこちらから

本書は、「アルファポリス」（https://www.alphapolis.co.jp/）に掲載されていたものを、
改稿、加筆のうえ、書籍化したものです。

ハズレ嫁《よめ》は最強《さいきょう》の天才公爵様《てんさいこうしゃくさま》と再婚《さいこん》しました。

光子（ひかりこ）

2024年 12月 31日初版発行

編集－加藤美侑・森 順子
編集長－倉持真理
発行者－梶本雄介
発行所－株式会社アルファポリス
〒150-6019 東京都渋谷区恵比寿4-20-3 恵比寿ｶﾞｰﾃﾞﾝﾌﾟﾚｲｽﾀﾜｰ19F
TEL 03-6277-1601（営業） 03-6277-1602（編集）
URL https://www.alphapolis.co.jp/
発売元－株式会社星雲社（共同出版社・流通責任出版社）
〒112-0005 東京都文京区水道1-3-30
TEL 03-3868-3275
装丁・本文イラスト－祀花よう子
装丁デザイン－AFTERGLOW
（レーベルフォーマットデザイン－ansyyqdesign）
印刷－中央精版印刷株式会社

価格はカバーに表示されてあります。

落丁乱丁の場合はアルファポリスまでご連絡ください。

送料は小社負担でお取り替えします。


ISBN978-4-434-35028-3 C0093